講談社文庫

5分後に意外な結末

ベスト・セレクション
空の巻

桃戸ハル 編・著

講談社

目次

Contents

5分後に意外な結末　ベスト・セレクション　空の巻

桃戸ハル　編・著

講談社

プルルル
プルルル
プル…
ガチャ
はい
こちら動物愛護課
家の前にペンギンがいる
どうすりゃいい?
ペンギン
は?
ペンギン…ですか?
さっき出かけようとして玄関のドアを開けたら、ペンギンがいたんだよ
ペンギン…
それは本当にペンギンですか?
あぁ、ペンギンだ

あの、空を飛べない鳥の？
あぁ、間違いない。俺が嘘をついているっていうのか？
それとも俺がペンギンを知らないとでも!?
いいえ、そういうわけではありません！
どうしてペンギンが…？
4/12 AM9:30
ペンギン
ペンギン
ぺんぎん
why? penguin?
出かけようと
玄関の外
どこかの施設から逃げたなんて情報はないし…
ペンギンを飼ってる人なんてこのあたりでは聞いたことない…
おい、どうすりゃいいんだ？
あっ…
そうですね…
動物園に連れていくのがいいと思います

動物園?
ほんとにそれでいいのか?
ええ、それが一番ペンギンのためになるはずです
わかった
では、お名前と住所を
一番近くの動物園をお教えしますよ
翌日——
え そちらの動物園で預かってない?
…わかりました
ガチャ
おかしいな…
たしかに動物園に行くと言っていたのに…

うーん もしかして…
ピー
ゴミ置場
みかん
まずい…
ちょっと怖いけど…
ペンギンの人
ボブさん
☎000-△△△
××××××××
心配だし な…
ピンポーン
誰だ?
ガチャ
電話と同じ声
やっぱり怖そう…
昨日お電話を受けた
動物愛護課のアンナです
アンナ

ボブさんに
ペンギンのことで……
OH!
おお、ちょうどよかった!
おーい
あ!
ペタ ペタ
教えてもらった通り
昨日、こいつを動物園に連れて行った
ペタ
ペタ

そしたらこいつ、動物園がえらく楽しかったようで、喜んでいたよ
それで今日は……
映画館か遊園地にでも連れて行こうと思うんだが……
どっちがいいと思う?
〈終〉

白雪姫

――鏡よ、鏡、この世で一番美しいのはだぁれ?

とうとうこの日が来てしまった、と女は思った。

いつからだろう。魔法の鏡に、毎日くだらない質問を投げかけるようになってしまったのは。

女は美しかった。今でも、彼女を見れば誰もが、「美しい」と言ってくれるだろう。しかし、それは、今、女がこの国の王妃だから、ということを彼女自身がいちばんわかっていた。鏡を見るたびに彼女の心に浮かぶのは、自分は「美しかった」という記憶だけだ。

女の美しさは、女自身にとっては、もはや失われた過去のものだった。

若い頃、女は本当に美しかった。しかし、自分が美しいかどうかなんて、一切気にもしなかった。だから、その美しさにおごることもなかった。

恵まれている人間ほど、自分が恵まれていることに気づかない。昔の女は、その「美しさ」に価値があるなんて、思いもしなかった。

そんな無自覚な態度が、どれほど周りの者を苛立《いらだ》たせただろう。今なら、その罪深さがわかる。

成長するにつれ美しくなっていく年齢が終わり、日に日に美しさが衰え、取り戻せなくなっていくと、女はようやく自分の傲慢《ごうまん》さを知った。

彼女は一国の王妃であり、十分な富と名誉を手にしていた。しかし、そんなものは失われていく美しさと比べたら、意味のないもののように思えた。

いや、富や名誉のある分、それにふさわしいだけの美しさが必要だという思いは、彼女を追い詰める重荷になった。近隣諸国を束《たば》ねる大国の王妃として、世界で一番美しくなければならないのだと、彼女は感じるようになっていた。

彼女の国では、かつて魔術の研究が盛んにおこなわれていた。宝物庫には様々な魔法の道具が眠り、いくつもの貴重な魔導書が所蔵されている。

彼女は王妃の権力を利用して、美しさを保つための方法を、家臣に探させる一方で、自分も魔術を学んで、永遠に美しさを保つ魔法を見つけようとした。

その頃から毎日、女は魔法の鏡に問いかけるようになった。

それは宝物庫に保管されていた、魔法の道具の一つで、さまざまな質問に対して、真実を教えてくれる力があった。

——鏡よ、鏡、この世で一番美しいのはだぁれ？

「それは、王妃様です」

鏡がそう答える度に、女は安堵《あんど》した。まだ大丈夫。まだ私は美しさを失いきってはいない。でも、もう時間はない……。

女は焦っていた。

女には、一人の娘がいる。女の若い頃によく似た、美しい娘だ。

雪のように白く透き通った肌と、誰に対しても分け隔てなく接する優しい心。その評判は、国外にまで伝わっている。

そんな王妃の娘は、今まさに娘盛りで、日に日に美しさを増していた。まるで、王妃の衰えと対をなすかのように。

無垢《むく》で、穢《けが》れを知らない、可愛い娘を妬《ねた》んではいけない。女は自分に言い聞かせた。しかし、いけないと思いつつ、娘に対する態度は刺々しくなり、女はいっそう、美しさを保つ方法を見つけ出すことに固執《こしつ》するようになった。

そして、とうとうその日が来た。

——鏡よ、鏡、この世で一番美しいのはだぁれ？

いつもと同じ女の問いかけ。しかし、その答えは、いつもと同じではなかった。

「それは、あなたの娘——王女様です」

そう鏡は言った。女は、衝動的に鏡を割ってしまいそうになるのをこらえるのに必死だった。

いつか、この日が来るのはわかっていた。しかし、これほど抑えきれない感情が湧き出てくるとは思っていなかった。激しい怒りが、心の底から突きあがる。

何の努力もせずに、ただただ美しくなっていく自分の娘——。

美しくなろうとも、美しさを失うことも、微塵《みじん》も考えていない娘——。

美しさなんて、大して重要なことではないと思っている娘——。

外見の美しさより、もっと大切なものがこの世にはあるのだと当然のように信じきっている、そんな無邪気な娘が、忌々《いまいま》しくて、許せなかった。

世界で一番美しい女に戻るには、どうしたらいい？

かつての美しさを取り戻し、永遠に保つ。そんな方法はまだ見つけ出していない。

しかし、別の方法ならある。

女を追い抜いて、娘は世界で一番美しくなった。ならば、娘がいなくなれば、まだ世界で一番美しいのは、女なのだ。

女は、娘をこの世から消し去る決意をした。

一度目はうまくいかなかった。娘を拉致《らち》して森の奥で亡き者にすることを企んだのだが、兵士が情をかけ命を奪うことまではしなかった。しかし、ふつうなら野垂《のた》れ死《じ》にするところ、娘は命を失うことはなかった。森に暮らす七人の小人たちが、娘を助けたからだ。

女は怒りのあまり憤死しそうになった。

——あの忌々しい小人たちめ！

今度はもっと確実な方法で、娘の息の根を止めねばならない。そして、それは自分の手で行わなければならない。どうやらあの娘には、他人を魅了する力があるようだから。

学んだ魔法が、初めて役に立つときがきた。女はきれいな毒りんごを作り、老婆に姿を変えた。

一口食べれば、命を落とす毒りんご。妖しいほど魅惑的で、つややかな、誰もがかじらずにはいられない、魔法のりんごだ。

身も心も汚さとは無縁の、人を疑うことを知らない娘なら喜んで受け取るだろう。

しわだらけの老婆の顔を、いっそうしわでいっぱいにして、女は笑みを浮かべた。

娘がかくまわれている、小人の家まで行くと、老婆は扉をたたいた。

何度か扉をたたくと、ようやく愚かな娘が顔を出した。

できるだけ親切な、甘ったるい声で、女はりんごをすすめる。

やがて娘がりんごを受け取り、口に近づける。女は薄ら笑いを浮かべ、娘がりんごをかじろうとするのをじっと見つめた。

「あぶないっ！」

その時、女は誰かに突き飛ばされ倒れ込んだ。同時に、カゴの中の毒りんごが地面に転がる。そして何者かが、跳びあがって娘の手からりんごを払い落とした。

それは、七人の小人たちだった。仕事に出かけて留守にしていることは、魔法の水晶で確かめてあったのに。

「最近、様子がおかしかったから、何かよからぬことをしでかすのではないかと、わざと隙《すき》を作って見張っていたんだ。まさか、こんなことを企《たくら》んでいたなんて……」

小人と一緒にやってきた一人の人間が、悲しげな声で言った。

それは女の夫――現国王であった。

「ああ、どうして、こんなことをしたんだ。いや、どうしてこんなふうになってしまったんだ。毒りんごを実の娘に食べさせようとするなんて……なぜ君の母親がしたのと同じことを、自分の娘に繰り返すんだ……」

小人と国王は、女に非難と憐《あわれ》みが混ざったような視線を向ける。

かつて女をかくまって助けてくれた七人の小人たちも、口づけによって永い眠りから覚ましてくれた王子――今の国王も……女を愛してくれた彼らは、もう彼女の味方ではない。

――娘の味方なのだ!!

いつからだろう。誰もが女より娘の周りに集まるようになったのは。女はまるで、自分の存在が忘れられていくように思えてならなかった。

私はちゃんとここにいる。私を忘れないで。いつまでも、誰よりも美しいままでいれば、みんな、私から目を離さないでいてくれるだろうか――。

かつて、「白雪姫」と言えば、知らぬ者はいなかった。雪のように白く透き通った肌と、誰にでも優しい心。その評判は、国外にまで伝わっていた。

母親となって、女は、かつて「白雪姫」と呼ばれた自分の美しさを妬み、殺そうとまでした、自分の母親の気持ちが、今ではよくわかった。「あの母親のようにはなりたくない」と思った母親の姿に、自分はなっていた。

「白雪姫症候群」——子どもの頃に母親から虐待された経験をもつ女性は、自分が母親になったとき、娘を虐待してしまうことがあるという。

（作 桃戸ハル）

ドラマ原作

長年の夢がついにかなった。子どものころから人気マンガ家になることを夢に見続けて、二十数年。樋口《ひぐち》モトキは、ついに大手出版社のマンガ新人賞で大賞を受賞したのだ。その読み切り作品をさらにふくらませた連載が週刊誌で始まり、モトキは一躍、人気マンガ家の仲間入りを果たした。血のにじむ思いで描き上げた作品は大好評だ。

「先生！　コミックスの増刷が決定です！」

「もしかしたら、アニメになるかもしれませんよ！」

あらゆるマンガ編集部の編集者たちに、モトキはもみくちゃにされる——というあたりで目が覚めるのが、いつものお約束である。

「あぁ、またこの夢か……。はぁ……。いっそのこと、ずっと夢の中にいたいよ。夢なら、見るのに金もかからないし……」

未練がましく両手で頭をかきむしりながら、身動きするたびにギシギシと安っぽい音を放つシングルベッドから起き上がる。部屋は、三十を超えても定職についていない人間にはこれが精いっぱいの、築浅《ちくあさ》ではないワンルーム。

「マンガ家」というのは資格が必要な職業ではないので、極論、「俺はマンガ家です！」と言ってしまえば、その肩書を得ることはできる。昨今はとくに、商業誌でなくても自分のSNS、マンガ投稿サイトなど、いくらでも発表の場があるので、そういう場で一作品でも発表していれば――あるいは発表を目指して創作活動を行っていればまったく虚偽の肩書というわけでもない。しかし、そのことと、「マンガを仕事にして暮らしていけるか」は、まったくの別問題である。モトキが目指している「マンガ家」は、「売れっ子の」が頭につく。

モトキはこれまで、SNSや投稿サイトを通して短編のオリジナルマンガを発表してきた。しかし、ちらほらと一般ユーザーのコメントやリアクションがついただけだ。出版社の新人賞に応募したこともあるが、それには一度も反応がなかった。つまりは、すべて一次選考で落ちているということだ。「売れっ子」になれる兆しはなく、今はアルバイトで食いつなぐ毎日である。

それでも、あきらめなければチャンスがめぐってくるかもしれない……という、七夕の笹飾りに託すようなささやかな希望に、今でも必死にすがりついている。

「いつか絶対、アニメ化されるようなマンガを描いてやる！」

夜中、何も描かれていない原稿用紙をにらみながら、モトキは唇《くちびる》を嚙《か》みしめた。

誰かに依頼されたわけではない。これから描こうとしているのは、完全に自己満足のマンガだったが、「俺だけは自分の才能を信じていたい」と、モトキは思っていた。


そんな想いが天に通じたのか、ある日、スマホに一本の電話がかかってきた。

「あ、突然すみません、樋口モトキさんのお電話でよろしいでしょうか？　私、ネオジェネシス企画というドラマ制作会社の、ジングウジと申します」

コンビニで買った発泡酒を自室で飲んでいたモトキは、左手に缶を持ったまま、右手のスマホに「はぁ……」と生返事をした。相手は気にした様子もなく、快活に、そして口早にしゃべり続ける。

「あぁ、よかった。急にすみませんねぇ。私、先日開催された『コミックフェスティバル東京』の即売会で、樋口さんの作品集を購入させていただきまして……」

「えっ、コミフェスで？」

コミックフェスティバルは、プロ・アマ問わず多くのマンガ家が自身の作品を発表、販売することのできる大規模な即売会である。たしかにモトキは、そのイベントに出品していた。これまでに描きためた読み切りマンガを何本かまとめて収録した作品集だが、五、六冊しか売れなかった。このジングウジという男は、その購入者のうちの一人なのだろう。

まさか「読者」から電話がかかってくるなんて……と、モトキが呆然としていたとき、「今日お電話いたしましたのは……」と、電話の向こうで男が口を開いた。

「じつは私ども、樋口さんのマンガを、ドラマで使わせていただきたいと考えているんです」

「ドラマ？」

「アニメ」ではなく「ドラマ」というのが意外だったが、よくよく考えてみれば、モトキの作品は日常生活を題材にしたものなので、映像化するときに、特撮や大がかりなセットが必要ない。案外、実写ドラマとは相性がいいのかもしれない。

「樋口さん、作品のドラマ使用は、ご興味ありませんか？」

弱いアルコールの入っていた頭が、一瞬で覚醒する。発泡酒の缶を放り出すように置いて、「ありますっ！」と叫びながら、モトキは思わずその場で立ち上がっていた。

「あのっ……！　つまり、俺のマンガをドラマに使ってもらえるってことですかっ？」

上ずりそうになるのをこらえながら、電話の向こうにいる相手に聞き返す。「簡単に言えば、そのとおりです」と、ドラマ制作会社のジングウジを名乗る男は、軽快に答えた。

「樋口さんの作品を拝見しまして、今私たちが考えているドラマの構想や、ターゲットにしたい視聴者層に、ピッタリ合うと感じました」

「あの……ドラマ化ということは、作品の内容もドラマ用に、だいぶアレンジされるんでしょうか？　あ、それが嫌だとかってことではなくて、ただ好奇心で聞きたいだけなんですけど……」

「いえ、とくに作品を大きく変えることは考えておりません。ただ、何か懸念があるなら、お断りいただいても――」

「いえ、問題ないです！　ぜひ使ってください!!」

相手の声にかぶせるようにして、モトキは叫んでいた。

――とうとうチャンスがめぐってきた。それも、特大級のチャンスだ！

スマホを握る手に力がこもる。からっぽの左手ににまでにじんできた汗を、モトキはシャツのすそでぬぐった。

「アニメ化」が理想ではあったが、とにもかくにも、映像化の話はありがたい。実写ドラマは「絵」がないぶん、一歩ひいた立場から視聴者として楽しめるかもしれないし、映像化されて話題になれば、その原作マンガも注目されるだろう。現実的なことを言えば、最近めっきり寂しくなってしまった懐《ふところ》も温まるに違いない。これで人気が出て、商業誌からも連載の依頼が……という話になれば、アルバイト生活を脱却することも夢ではない。

「よろしくお願いします！　ドラマの内容は、その道のプロにお任せします。僕が口を出すようなことはありませんので」

その後、ドラマは「連続ドラマ」ではなく、一時間枠の若年脚本家にシナリオを書かせる単発だということの説明を受けた。自分のマンガ作品のページ数からしても、連続ドラマになると思えなかったので、合点がいった。そして、「コミフェスで販売していた作品集を二十冊ほど追加で送ってほしい」と言われた。制作陣で共有するらしい。

「それからもう一点、恐縮なお願いなんですが……じつは、一日だけでいいので、樋口さんに撮影にお越しいただきたく思っております。樋口さんにカメオ出演していただければと考えておりまして」

「え？　カメオ出演、ですか？」

「たまにドラマで見ませんか？　作者などが、チョイ役でサプライズ登場したり、覆面出演することなんですけど、ああいう感じで樋口さんにも出ていただけたらなぁと考えておりまして。もちろん、樋口さんがお嫌でなければですが」

「か、考えておきます」

自分がドラマに出るかもしれない。そう考えると、喜びが緊張に変わる。演技なんて、したことがない。

そんなモトキの気持ちを読みとったように、ジングウジは笑いながら言った。

「大丈夫ですよ。出演していただくとしても、セリフや難しい演技のない、簡単な役になると思いますから。ご出演については、また改めて相談させてください。それでは、ひとまず作品集のご送付、よろしくお願いいたします」

その言葉を最後に、電話は切れた。無音になったスマホをにぎる手が、小刻みに震え始める。

興奮が大きすぎると、人間の脳はまったく別なことを考えてしまうらしい。今、モトキの頭の中を占めているのは、原作のことではなく、「撮影現場への差し入れ」のことだった。

――作者が撮影現場に行くときって、差し入れを持ってかないといけないのかな？

でも何を、いくつくらい買えばいいんだ？　役者や撮影スタッフって何人くらいいるんだろう？　お金、足りるかな？　月末だとキビシイなぁ……。

「――って、その前にまずは作品集を送らないと！」

自宅にあった作品集を段ボール箱に詰めたあと、電話で聞いたドラマ制作会社の住所と「神宮司《じんぐうじ》」の名を、運よく家にあまっていた、宅配便のラベルに書きつけた。それを抱えて最寄りのコンビニに駆けこみ、「急ぎでお願いします！」と――明日、先方に到着することを確認して――発送する。これで明日には神宮司が目を通してくれるだろう。

――信じられないけど、本当に俺の作品がドラマ化されるんだ。マンガ家としてくすぶっていた俺も、そして俺の作品も、ついに日の目を見るときがきたんだ！

コンビニから戻ったあとも興奮は続き、その夜はなかなか寝つけなかった。

ふたたび神宮司から連絡があったのは、「あの電話は本物だったのだろうか？　もしかしたらイタズラだったんじゃ……」とモトキが疑い始めた、三ヵ月後のことだった。ようやく撮影日が決まったのだという。口頭で伝えられた撮影日と撮影現場を、モトキはメモした。

ついにこの日がきたんだと、モトキはうるさいくらいに激しい自分の鼓動を聞きながら、またしてもなかなか寝つけない夜を過ごした。

何台もの撮影カメラに囲まれて、モトキは役になりきっていた。いや、「なりきる」必要もない。本人役でこそないものの、モトキに与えられた役柄は、おそろしいほどにモトキと同じ境遇だったからだ。

セリフはほとんどないため、台本は渡されなかった。複雑な動作も必要ないという。モトキに与えられた役割は、その場で指示された短いセリフを口にするだけだ。

「あんたさぁ、これ、自分でおもしろいと思ってる？　これが読者に喜ばれるって、本当に信じて描いてるの？」

圧の強い印象の俳優が、トン、トンと指先で机を叩く。正確には、その机の上にのっているモノを。

あまりの迫力に、モトキは思わず、「すみません……」と、与えられてもいないセリフを口走るところだった。そのタイミングで、怒りと侮蔑《ぶべつ》、あきらめと憐みをすべて混ぜたような表情で、モトキの目の前の俳優が「はぁ……」とため息をつく。

「だめだめ。ぜんぜん話にならない。こんなマンガ、読まされるだけ苦痛だよ。わかったらさっさと持って帰って。こっちもヒマじゃないんだから」

そう言った編集者役の俳優が、机の上に広げられていたモノを大ざっぱにまとめて、つかみ上げた。そして、それをモトキに向かって、投げ捨てるように突き返す。

バサリとモトキの足もとに落ちたのは、モトキが魂《たましい》をこめて描いた――そして、神宮司から頼まれて送付した、マンガの作品集だった。

モトキの「読まされるだけ苦痛」なマンガは、こうして、ドラマの小道具として使われることになった。

「夢をあきらめきれないマンガ家志望の中年男」という役どころとして、モトキの背中はカメラに映っていた。罵倒《ばとう》されているのは「マンガ家志望の中年男役」なのか、それとも「樋口モトキ」なのか、それすらも判然としない撮影時間に、モトキは心をえぐられ続けた。

その犠牲と引き換えにモトキのもとに残ったのは、わずかばかりの「エキストラ出演料」と、差し入れとして買ったものの、渡すタイミングを見つけられなかった「五十個のシュークリーム」だけだった。

（作　桃戸ハル、橘つばさ）

アイツがいるせいで。


朝は目覚めた瞬間からお腹をすかせている自分にゲンナリし、昼過ぎには「大盛り」を完食してしまった自分に罪悪感を覚える。まわりは「育ち盛りなんだから」と笑うけど、自分にとって、それは免罪符にならない。

「うん、面白くなりそうですね。この内容で執筆に入ってください」

喫茶店でテーブルの向こう側に座っていた志倉《しくら》さんが、こちらに微笑みを向けて言った。担当編集の口からGOサインが出たことで、ひとまず肩の荷が下りる。たぶんその気配に、志倉さんは気づいたんだろう。

「冬木《ふゆき》萌咲《もえ》先生の二作目には、注目が集まってますからね。じっくり練り上げたストーリーと、高校生ならではの感性で、読者をあっと言わせましょう」

「はい」とうなずいて、自分の手もとに視線を落とす。そこには、何度もリテイクを重ねた小説のプロットがあった。これから、このプロットを小説に書き起こすことになる。この先も、「生みの苦しみ」はあるだろう。けれど、その苦しみを忘れさせるほどの楽しみもあるに違いない。

「十六歳で新人賞を受賞して、一年後に二作目の発表。とてもいい流れですよ、冬木先生。この二作目は学園ものですし、現役高校生作家の冬木先生だからこそ描けるリアルな物語を、私も編集部もすごく楽しみにしています」

「期待に応《こた》えられるように、がんばります」

もう一度うなずいて、水を飲む。すると、「そうだ、プロットのこの部分なんですけど……」と、自分のほうに伸びてきた手が、プロットの一行を指さした。

その手は、白くて小さくて、かわいい。志倉さんはバリバリ働く三十代なかばの女性編集者だから、「かわいい」というのは失礼かもしれないけど、背の高い自分からしたら、思わずうらやましくなるくらい、サイズ感も雰囲気もかわいらしい。本人には言わないけれど。

「――なので、登場人物たちのそれぞれの心理を丁寧に描いたほうが、今回の作品はいいものになると思います。読者が、登場人物の中の誰かに、しっかり感情移入できるように」

「わかりました。心がけます」

志倉さんの指摘をノートにメモする。そこへ志倉さんが、「ところで冬木先生……」と、ひかえめの声で話しかけてきた。

「学校は、どうですか？」

「……さぁ。ぜんぜん行ってないので」

ノートから目も上げずに短く答えると、気配だけで志倉さんの表情が「とまどい」を帯びたことがわかった。土曜の午後の喫茶店内に、静かで重たい空気がたまる。それを振り払いたくて口を開く。

「前にも話しましたけど……学校に行けば、アイツがいるんです。授業中も、休み時間も、放課後も、アイツ……毒島剛毅《ぶすじまごうき》が、つきまとってくるんです。こっちは本当につらい思いしてるのに、まわりは誰も見て見ぬふりっていうか、むしろ、毒島に気をつかってるんです。そんな場所にいたくないし、無理なんです。ていうか、名前からして威圧的で攻撃的だと思いませんか？『毒島剛毅』ですよ……」

その名前を口にするたび、のどをギュッと握りしめられたみたいに、息が苦しくなる。その息苦しさはすぐに痛みに変換されて、アイツを呪う気持ちを膨らませる。

「毒島なんて、消えてくれればいいのに……」

「萌咲さん。作家なんだから、使う言葉には気をつけよう」

「作家なんだから」と言うわりには、「冬木先生」とは言わず、ただただ年下の人間をたしなめる口調で、志倉さんが言った。おそらく、「人生の先輩としてのアドバイス」というニュアンスが強いのだろう。

「言葉は武器になるんだから、そんなふうに言っちゃだめだよ。絶対に」

もう一度、噛んで含めるようにつぶやく。その顔には、ほんの少しの悲しみが浮かんでいた。

「……ごめんなさい。帰って原稿に取りかかります」

一方的に席を立った自分を、志倉さんは呼び止めなかった。寄り添おうとしてくれる担当編集に、作家として、作品で応えなければと気持ちを切り替える。

空腹に負けて大盛りパスタを食べてしまった事実をチャラにしたくて、二駅ぶん、昼下がりの街を歩いて帰った。

自分の部屋にこもって小説を書いている間だけは、自由でいられる。外に出るより、自分で描きだす作品世界に没入しているほうが、生きがいを感じられるのだ。昨年、新人賞を受賞したデビュー作が「執念にも近い気迫を感じる」「若い書き手なのに切々と訴えてくるものがある」と評価されたのは、もしかしたら、その小説が、自分の生きがいの結晶みたいなものだったからかもしれない。

今度刊行されることになった二作目は、デビュー作の恋愛小説とは違って、学園を舞台にした青春小説だ。恋愛要素も少しだけ入るけど、メインは、高校生どうしの多層的な人間模様を描くこと。「現役高校生作家としての冬木先生のみずみずしい視点や感性を、めいっぱい活かしてください」と、志倉さんには言われている。

もしかしたら、担当編集の志倉さんよりも、自分のほうが、自分自身の感性に疑問を抱いているのかもしれない。ぼんやりとそんなことを思いながら書いた初稿の出だしには、案の定、志倉さんの「うーん……」という、悩ましそうな声が返ってきた。

「冒頭部分の初稿、拝見したんですけど……ちょっとリアリティに欠けるかもと思いました」

やっぱり、という言葉は、電話口で飲みこむ。すると、電話の向こうで志倉さんが、言いにくそうに口を開いた。

「以前にも提案させていただいたことなんですけど……冬木先生、もう一度学校に行ってみるというのは、どうですか？」

「学校、ですか……？」

「勝手なことを言ってごめんなさい。でも、今回の作品には『学校生活』のディテールや、生徒たちの雰囲気、会話、距離感なんかのリアリティが必要不可欠だと思ってます。今はまだ、『冬木先生の頭の中だけで構築された』という感じがしてしまいます。それが悪いことかはわかりませんが、『本当にこの作家、高校生なの？』って、読者に思われてしまう気がするんですよね。でも、そこさえしっかり描ければ、間違いなく、いい作品になると思います。だから、そういうディテールを学校に行って観察してみるというのは、いかがでしょう。もちろん、先生の事情もあると思いますので、無理にとは言いません。よりよい作品になるように、私も考えてみます。でも、取材だと思って少しだけでも学校に行ってみる、ということを、選択肢として考えてみてもいいのではと思ったので……」

電話での打ち合わせを終えたあとも、志倉さんの言葉について繰り返し考えた。

たしかに、志倉さんの言うことはもっともだ。学園ものを描くために、自分の通う学校やほかの生徒たちを観察するのは最良の「取材」になる。自分が現役の高校生だという事実は、学園ものを描くうえでは最高のアドバンテージだ。

わかっている。頭では理解しているけれど、それに心が拒絶反応を示す。だって、学校に行けば、嫌でもアイツと会わなきゃいけない。毒島剛毅――。こっちがどれだけ嫌っていても、「来るな来るな」と祈っても、アイツは必ず現れて、自分の無力感に直面することになる。まわりもそれを楽しんでいるフシさえあって、こっちの苦しさには無頓着だから、よけいにキツい。「やめて」と言ったところで「何を？」とキョトンとされるだけだ。

でも、皮肉だけれど、自分の置かれているそんな状況でさえ、今の自分にとっては「小説のネタ」になるのかもしれない。

学校には行きたくない。でも行けば、今書いている小説は、もっとよくなるかもしれない。悩み苦しみながら書き上げた新作は、ふたたび「生きがいの結晶」となって、世間から受け入れてもらえるはずだ。志倉さんだって、きっと「よく決断しましたね」と微笑《ほほえ》んでくれるだろう。

悩んで悩んで、一晩中悩んで——翌朝、充血した目のまま、思い出せないくらい久しぶりに、高校の制服に袖《そで》を通した。驚く両親に、「取材に行ってくる」とだけ伝えて家を出る。ウソは言っていない。

久しぶりの通学路、ミシ、ミシ……と足の骨がきしんで、鈍い痛みになる。制服って、こんなに窮屈だったっけ。通学バッグって、こんなに重かったっけ。いろんなことが頭をよぎって、ときどき呼吸をさまたげた。

学校に着いて、上履きに履き替え、廊下を進み教室へ向かう。ミシ、ミシ……と足から腰にかけて体がきしむ。回れ右をしそうになるのを何度もこらえて、教室にたどり着く。教室に入る前から、クラスメイトがこちらに気づいて、わかりやすく驚いた表情をしたり、「えっ」と声をこぼしたりしていて、早くもいたたまれなくなった。

――これは取材、これは取材……。ぜんぶ、いい小説を書くためだ。冬木萌咲の二作目を、「新作もよかった」と言ってもらうために必要な、「生みの苦しみ」だ。

そう言い聞かせて、教室に足を踏み入れる。

自分の席は、変わらない場所にあった。おそるおそるイスに座ると、鈍くきしんでいた足の痛みは、少しだけ弱くなった。でも今度は、周囲から向けられる視線が痛い。

「久しぶり。来たんだね」

前の席に座っていた女子――たしか、平井《ひらい》さんが、振り返ってそう言った。「うん」と短くこたえると、「授業、どこまで進んだかわかる?」と、平井さんは数学の教科書を軽く振ってみせる。「わからない」と短くこたえると、「えっとねー」と、教科書を開いて見せてくれた。

居心地の悪さに、重なる視線の圧力に、心臓が、ずっと縮こまっている。でも、なんとか乗り越えられないこともないかも……。そう思ったときだった。

「おー、毒島!」

教室の入口付近で、そんな声が弾《はじ》けた。

その名を耳にした瞬間、ビクッと自分の両肩が跳ね上がったのがわかった。ドドドッと鼓動が速さを倍加させて、手の平や首筋に気持ちの悪い汗の感触がつたう。「大丈夫?」と尋ねてくる平井さんに、今度は短い声すら返せなかった。

「毒島さぁ――」

ガタンッと音を立てて席を立ち、開けてもいなかった通学バッグをつかむと――びくりと身をすくませた平井さんに声をかけることもせず――気づいたときには教室を飛び出していた。「こら、教室に入りなさい!」という先生の声にも、立ち止まることはできない。

やっぱり、あのクラスにいれば、毒島剛毅に会わざるを得ない。誰かが毒島の名を呼ぶのを聞いただけで、体中の細胞が嫌悪して震えた。あの教室に居続けるのは無理だ、怖い、と、全神経が拒否していた。

保健室へ逃げこむと、養護の先生が「あら」と、こちらを向いた。けれど、何も聞かずに「ベッド、いちばん奥のを使って」と言って、休ませてくれた。

――今の自分には、学校を取材することなんて不可能だ。

頭から布団をかぶって、そう痛感した。

少しだけ眠ってしまったらしい。いや、もしかすると、ショックのあまり気を失ったのかもしれない。気づいたときには、もう少しで正午という時間だった。「成長期は眠いよね。お腹もすいたんじゃない？」と、養護の先生がペットボトルの水を手渡してくれる。たしかに、お腹はすいている。でも、何も食べるものを持っていないし、ほかの大勢の生徒にまじって食堂へ行く気分にもなれない。

「……帰ります」

「そう。顔色は戻ったみたいだけど、一人で平気？」

幸い、荷物はぜんぶ教室から持ってきている。「はい」とうなずいて、のそのそとベッドを抜け、保健室をあとにした。ちょうど四限目の授業中なので、生徒と出くわすことはない。それでも勝手に早足になりながら、昇降口を目指す。

誰かに目撃される前に帰りたい。靴箱を開けようと手があせる。そして、靴箱から靴を取り出した拍子に、何かがひらっと落ちた。白い封筒だ。

なんだろう……と思った次の瞬間、四限目の終了を告げるチャイムが鳴り響いた。すぐに生徒たちが教室から出てくる。帰ろうとしているところを誰かに——特に、クラスメイトに見つかったら面倒だ。

足もとに落ちていた封筒を、パッと拾ってバッグに押しこんだ。そして、足をローファーにねじこむようにして、つまずきながら昇降口を出た。あとはほとんど駆け足で、追われるように自宅へと戻る。

結局、何もできなかった。取材も、人間観察も。次回作の執筆に役立ちそうなことは、何ひとつ。でも、保健室に関する記憶だけは更新できたかもしれない。保健室のシーンを増やすことを提案したら、志倉さんは、なんて言うだろう。

そんなうすっぺらいことを考えながら、帰ってきた自室のベッドに体を放り出す。制服のままだと窮屈なことに気づいて起きて、部屋着に着替えて、それから通学バッグを開けて、その存在を思い出した。

白い封筒――。自分の靴箱に入っていた、謎の手紙。宛名も差出人の名前も書いていないので、自分宛てかどうかもわからない。でも、自分の靴箱に入っていたのだから、中を確認することは問題ないはずだ。

軽くのり付けされた封を開け、中の便せんを取り出す。折りたたまれたそれを開くと、冒頭に、目を疑いたくなるような文字が書きつけられていた。

「――毒島剛毅さまへ」

見てはいけないものを見てしまったような気分になって、机に手紙を放り出す。

これは、自分宛てじゃない。一瞬、自分に対する嫌がらせの手紙かとも思った。でも、実際にはもうひとつの可能性——つまり、ラブレターであるという事実を認めなければならない。ただし、書いた人が届けたかった相手は、あの男。いまいましい毒島剛毅へのラブレターなんて、一秒も目に入れたくはない。

でも……これはチャンスかもしれない。つまり、誰かが「好きな人」に宛てて書いたリアルなラブレターを読むチャンス。今、自分の目の前にあるこの手紙には、一人の高校生の血の通った言葉、そして、あふれ出す想いが詰まっているはずで、それはつまり、究極のリアリティだ。これが、学園を舞台にした青春小説の参考にならないはずがない。

放り出した手紙を、もう一度、手に取る。そして、「毒島剛毅さまへ」に続く内容を、こわごわと目で追った。

——突然のお手紙で、ごめんね。今日、久しぶりに毒島くんを学校で見かけて、すごくうれしくなってしまい、この手紙を書いています。一度はあきらめようと思ったのですが、久しぶりに毒島くんの顔を見ると、やっぱり好きだなぁと思ってしまいました。

わたしは毒島くんのことが好きです。わたしは体が小さいので、背が高い毒島くんに憧《あこが》れる気持ちもあります。力強さを感じるし、声もかっこいいし、「剛毅」という名前も、とてもステキだと思います。もっと、毒島くんとお話しできたら——

たえきれなくなって読むのをやめ、閉じた両目をまぶたの上から手で覆う。

手紙には、毒島剛毅への血の通った言葉が、抑えきれなくなった想いが詰まっていて、読み進めるほどに、手紙を書いた女子生徒への申し訳なさが込み上げてきた。

「ごめんね……」

机に伏せたラブレターを指先でなぞって、つぶやく。

「これは、自分が読むべきじゃない。自分は、きみの好きな毒島剛毅じゃないから」

ズキッと、また足の上のほう、腰に近い部分が痛む。立っているのが億劫《おっくう》でベッドに座ると、真正面に、鏡が見えた。そこに映る自分と目が合って、その自分が、ひどく不快げに眉をひそめる。

ベッドに座った状態でも長身だとわかる、がっしりした体つき。ひろい肩幅に、太い腕。「スポーツが得意そう」「肉食系男子っぽい」と、一度も望んだことのない評価を下される顔つき。何もかもが「冬木萌咲」っぽくなくて——「毒島剛毅」こそ正しい名前だと突きつけてくるようで、吐き気がする。

ようやく理想的な、自分にしっくりくる名前を手に入れたのに。顔出しをせずに女性として、女性的な感性で作品作りに没頭できるようになったのに。なのに、自分をとりまく現実は、「それは虚構だ」と言って譲らない。ときどき足腰を襲ってくる成長痛も、食べても食べてもすぐ空腹を訴えてくる胃も、声変わりが終わって低くなってしまった声も、何もかもが「育ち盛りの高校生男子」の象徴で、全身をかきむしりたくなるくらい嫌になる。

自分は、体の小さい女子に憧れる。華奢で、力なんてなくて、「鈴を転がしたような」と形容されるにふさわしい澄んだ声になりたかった。周囲から期待されている「毒島剛毅」像は、本当の自分からはかけ離れている。そのことが、たまらなく息苦しい。

「わたしは、冬木萌咲になりたいの。毒島剛毅なんて、今すぐ、消えてしまえばいいのに」

今日は、とがめる声もないかわりに、この気持ちに寄りそってくれる声も、どこにもない。

（作　橘つばさ）

ゴーストライター

翠川《みどりかわ》いづ美《み》は、「今、恋愛小説を書かせれば、彼女に並ぶ者はいない」とまで言われる、名手である。作家となってまだ十年ほどだが、その間に生み出した小説はどれも読む者の心を強くひきつけ、ベストセラーとなってきた。

――新しい恋愛の形は翠川いづ美が作っている。

――未婚の彼女が、あんなに既婚者の気持ちがわかるなんて、人生を何度もやり直しているに違いない。

――悲劇的な作品、切ない作品もあるが、彼女の紡《つむ》ぐ作品には必ず最後に救いがある。

そんなふうに賞賛される数々の自作を前に受けたインタビューで、翠川いづ美はひかえめな、けれど幸せそうな微笑みを浮かべつつ、こう語った。

「これまでの作品は、私にとって自分の命を削って生み出したものです。私は結婚をしていないし、子どももいませんが、大事な作品たちは、わが子同然です。そんな

『子ども』たちが、たくさんの読者の方々の心に響き、愛されるなんて、これ以上に嬉しいことはありません」

しかし、彼女の作家人生が十二年目に入り、「現在連載中の新作は、翠川の最高傑作となるだろう」という噂が流れ始めたころ、翠川いづ美の大スキャンダルが報じられた。

「翠川いづ美が発表したこれまでの作品は、すべて、わたしが書いたものです。わたしはずっと、翠川いづ美のゴーストライターでした」

ある人物が、とある雑誌でそう告発したのである。衝撃の告発を行ったその人物は、長年、翠川いづ美の秘書を務めてきた女性だった。

翠川いづ美には大量のバッシングが浴びせられることになった。告発された当初こそ、言い訳じみたことを言っていた翠川であったが、最終的には自身の作品群はすべて秘書が書いたものであることをほぼ認め、バッシングにも一言も反論しなかった。

「すべて、報道されているとおりです。私は秘書に書かせた作品を、自分が書いた作品として発表し続けてきました。読者のみなさまを裏切る形となり、申し訳ございませんでした」

その後の世間の反応は、さまざまだった。「大好きだった作家に裏切られてショックだ」と悲しむ者、「感動を返せ」「人の作品を盗んで自分のものにするなんて最低だ」と憤《いきどお》る者、「作者が誰であれ、作品の輝きが失われるわけではない」と作品を擁護《ようご》する者……なかには、「ゴーストライターに書かせたなんて嘘だ。翠川いづ美の人となりを知っているが、そんな卑怯なことをする人間ではない。あれだけ美しく、素晴らしいストーリーの数々は、高潔な翠川先生にしか書けるはずがない」と、敬愛する作家を信じ続けようとするファンも、まだ残っていた。

しかし、彼女を最後まで擁護してくれたファンの気持ちを、決定的に踏みにじる事件が起こった。今度は、翠川いづ美の「不倫」がスクープされたのである。

数々の感動を呼び、あまたの涙を誘う美しき大恋愛をいくつも小説に描いてきた「恋愛小説家」の裏切りに、これまで彼女を信じ続けてきたファンたちも、さすがに言葉を見つけられなかった。

「あんなに感動的な純愛を描き続けてきた人が不倫だなんて……イメージが違いすぎて、ショックを受ける以前に、呆《あき》れました」

「不倫をするような人間に、あんな純愛が描けるわけないよ。一流の作家だったのは、やっぱり、あの秘書だったんだな」

「書いたのは秘書だったとしても、翠川いづ美のイメージって大きいと思ってたけど、むしろ翠川いづ美の名前なんて、ないほうがいいよね」

こうして、かつてあらゆる賞賛を手にしていた恋愛小説家、翠川いづ美の名声は地に落ちた。彼女がこれまでに発表した作品はすべて回収され、「翠川いづ美」の名義ではなく、真の生みの親である、翠川いづ美の秘書の名前に変更され、再出版された。

表紙に記される著者名は変わったものの、作品そのものの美しさや尊さは変わるわけではない。秘書が生み出した純愛物語たちは、その後も長く愛され続けた。

＊　＊　＊

かつての名声を失った翠川いづ美は、あの出来事以来、表舞台に立つことなく、ひっそりと暮らしていた。執筆をやめ、静かに暮らす彼女に、ある人物が不満げに声をかける。

「先生……本当に、これでよかったんですか？」

「ええ。これが正解なの」

翠川いづ美の返答を聞いても、なお不満げに目を細めたのは、かつて、翠川いづ美を告発したゴーストライター――翠川いづ美の秘書だった。

「そうおっしゃいますけど……やっぱりわたし、納得できません」

そう言うと秘書は、静かに読書を続ける翠川いづ美の腕に手を添え、苦しそうに表情をゆがめた。

「だって、わたしは何も書いてない。先生の作品はどれも、本当に先生がご自分で書いたものじゃないですか！」

秘書の悲痛な声に、翠川いづ美はようやく顔を上げる。ぱたんと閉じた本には、「翠川いづ美」ではなく、秘書の名前が著者名として記載されていた。その表紙をなでる翠川の手つきは優しく、まるで本を愛撫《あいぶ》するかのようだ。そして、翠川は悲しそうにささやく。

「いいのよ。悪いのは私。すべて自業自得なんだから」

秘書は、痛みをこらえるように下唇を噛んだ。しかし、こらえきれなかった痛みが秘書の瞳ににじんだことに、翠川が気づかないはずがない。秘書が、自分の分まで痛みを抱えてくれていると思うからこそ、翠川は平静に、過去を顧みることができた。

「私の恋は、道ならぬ恋だったの。私にとっては美しい純愛だったとしても、他人様《ひとさま》から見たら、汚らわしい不倫に見えるんでしょうね。それも、仕方のないことだわ」

「でもっ！」

「ううん、不倫報道が出る前に動くことができて、本当によかったわ」

秘書の言葉を奪うようにして、翠川は言う。

「もしも、あなたが私のゴーストライターだと名乗り出る前に私の不倫が報道されていたら、これまでに発表した私の作品はすべて、『うす汚れたウソ』の烙印《らくいん》を押されていたでしょうね。『不倫するような作家が書いた恋愛小説なんてバカバカしい』『不倫をした人間が「純愛」を語るな』なんて叩かれて、誰にも読んでもらえなくなったかもしれない。でも、不倫した私ではなく、なんの汚れもないあなたが書いたものだとなれば、作品が責められることはないわ。作者の名前が私からあなたの名前に変更されることとなんて、どうでもいいこと。むしろ、『日の目を見ないゴーストライターとして不当な扱いを受けながらも数々の名作を生み出し、ついに表舞台に立つことがかなった作家』のほうが、より注目してもらえるかもしれないわね」

微笑みながら、本気なのか皮肉なのかわからない言葉を放つ翠川に、秘書は食い下がる。

「だからって、『これまでの作品はすべてゴーストライターが書いたものだ』なんて嘘、やっぱり許されないと思います。それに何より、先生の名誉も功績も、そして才能までも、すべてなかったことになってしまうなんて、わたし、絶対に耐えられないです」

思いやりに満ちた秘書の言葉に、作家は胸の奥がじんと温かくなるのを感じて、そこに手を添えた。しかし、作家の思いはけっして揺らがない。

「あなたにも話したでしょう？　私にとって、自分の作品は『子ども』と同じ。自分の命を削って生み出した『子ども』だからこそ、私は絶対に守らないといけない。私の不倫――親の不始末で、『子ども』を不幸にするわけにはいかないのよ」

「わかってちょうだい」と、敬愛する作家から強いまなざしで求められた秘書は、それ以上、何も言うことができなかった。

この気持ちもまた「生みの苦しみ」だというのなら、物語を紡ぎだすというのは、なんて業《ごう》の深い行いなのだろう。この業を背負って、わたしは「親」になることができるだろうか。

はからずも「作家」と呼ばれるようになった秘書は、覚悟を貫いた作家を前に、そう自問せずにはいられなかった。

（作　桃戸ハル、橘つばさ）

同僚の話

「不倫だって？」

同僚の口から出た言葉を、俺はとても信じられなかった。

その日、仕事帰りに会社の同僚と居酒屋に寄った。だいぶ酔ってきたところで、話は同僚の恋愛話になっていた。そこで唐突に出てきたのが「不倫」という単語だったのだ。酔いが一気に醒《さ》めた。

友人はまだ結婚をしていないから、「不倫」というのはつまり、相手に夫がいる、ということなのだろう。

同僚は、同期入社の間柄でもあるのだが、入社当時から気の小さい男だった。どこか陰気で、押しも弱く、女性にモテるような男ではない。不倫なんてことを「する」ヤツだとも、「できる」ヤツだとも、まるで思えなかった。

「初めは、ちょっとしたきっかけだったんだ。たまたま一緒に酒を飲む機会があってさ、向こうが酔って、ダンナの愚痴なんかをこぼし始めたんだ。それを聞いて、励《はげ》ましたりしているうちに、だんだんお互いに距離が縮まって……」

ことの経緯を話す友人に、俺は、念のため確認するように聞いた。

「その日一回だけのことなのか？」

意気地がなく、何をやっても冴えないこの男が不倫なんて、考えられないが、何かの拍子に、一夜限りの過《あやま》ちを犯すくらいのことならありえるだろう。たった一度きり。それ以上はもう何もない終わった話を、ちょっとした自慢話として語る、というのは、ありそうな話に思えた。

しかし、友人は俺の確認にハッキリと首を振った。

「それから何度も会ってるよ……」

物好きな女もいるものだ、と感じずにはいられなかった。どうも腑《ふ》に落ちないが、「蓼食《たでく》う虫も好き好き」という諺《ことわざ》もある。そういうこともあるのだろう。

「それで、どうするつもりなんだ？　今後も、その関係を続けるのか？」

「相談したいのはそこだよ。どうするべきだと思う？　君は、そういう恋愛経験も豊富なんだろ？　意見を聞かせてほしくて……」

そう言われると、こちらも悪い気はしない。実際、俺は女にそれなりにモテる。少なくとも、この男よりは確実に。

「どうすべきかって、そりゃお前がどうしたいかって話だろ？　相手の女のほうはどんな感じなんだ？」

「それが、どちらかというと、俺より向こうが本気になっているんだよ。ダンナとは離婚するつもりだから、この関係は続けたいって……」

その話しぶりに、俺は少し違和感を覚えた。

「いい女なのか？」

俺が尋ねると、友人は大きく首を縦に振る。

「かなりの美人だと思うよ。相手のダンナには、もったいないくらいの女さ。本当だよ。恋愛経験の多い君だって惚《ほ》れてしまうような女だと思う」

どうにも自慢《じまん》げな言い方だ。

俺は何となく察し始めた。この男は、もしかしたら、俺に相談しようとしているんじゃないのかもしれない。

不倫関係を今後どうするかなど、本当はどうでもよく、俺に自慢することが目的なのだ。つまり、自分は相手に言い寄られて不倫するほど、女からモテているということを、俺に見せつけたいのだろう。

きっと今まで、俺に対して、いろいろと思うところがあったに違いない。女と付き合うのは俺ばかり。どんな女と何をしたなんて話を聞かされるたびに、内心悔《くや》しがっていたはずだ。

そしてそれは、恋愛のことだけではない。仕事の面でも、こいつは、俺に負け通しなのだ。重要な仕事を任されるのはいつも俺だし、当然、昇進も昇給も、俺のほうが早い。いちど、こいつがミスをした仕事を俺が引き継いで成功させたときは、悔しさと悲しさを合わせたような複雑な表情で、俺に感謝の言葉を言ってくれたこともあった。かつての俺は、いろいろな女性と恋愛もしたが、今では結婚して、よき夫、よき父親として、幸せな家庭を築いている。おそらくこいつは、「俺は不倫をして恋愛を楽しんでいるけど、お前はそんなことできないだろ?」とでも言いたいのだろう。

俺は、同僚の器の小ささが、ひどくおかしく、あわれに感じた。たかが不倫で、マウントをとろうとしている、その様子が……。

そうなると、不倫をしていること自体は事実だったとしても、それ以外は話半分に聞いたほうがよさそうだ。俺にうらやましいと思わせようと、だいぶ話を盛っていても不思議じゃないだろうから。

きっと相手の女というのも、同僚と同じような人間なのだろう。こんな男と不倫する程度の女なのだ。

俺は少し考えるような顔をしながら、同僚をからかってやろうと決めた。

「……まったくうらやましい話だな。まぁ、俺なら関係を続けるね。相手に求められてるのにやめるなんて、もったいない話だから」

俺はそう言ってやった。「うらやましい」などと言えば、この男がますます調子に乗って、いろいろなことを話してくれるだろう。

「そうか、それもそうだよな」

俺の言葉に乗せられて、うなずく友人を見て、俺はひそかにほくそ笑んだ。

「ダンナにバレるまでは続けるべきさ。ダンナには全然、バレてないんだろう？」

すると、友人は肩をすくめた。

「う〜ん、どうかな？　バレていないというか、もしかしたら、その相手の女性は、『夫公認』で浮気をしているんじゃないかって思ったりもするんだよ。ほら、あるだろ？　夫が自分じゃ奥さんを満足させられないから、浮気を公認するとかって。うーん、でも、だとしたら、『離婚するつもり』なんて言わないか……」

「そのダンナさんと話したことは？」

「なんとなく聞いてみたことはあるんだけど……」

その言葉に、俺はびっくりした。直接聞くなんて、気が小さいくせに、ずいぶん思い切ったことをする。男女経験が少ないからこそ、リスクもわからず、そういう怖いもの知らずなことをしてしまうのかもしれないが……。

「すごいことするなぁ。それで、ダンナは？　どんな様子だった？」

「平気な顔でへらへらしてたよ。全然、怒ってる感じもなくてさ」

俺は、自分の妻の浮気を公認するような男のほうに興味がひかれた。

「そのダンナ、どういう男なんだろうな？　心が広いとかってことなのか？」

「いや、そういうことじゃないと思うな。心が広いというより、むしろ、『嫌な奴』だと思う。家でも、口を開けば会社での自慢話ばかりで、『この先、何十年もこの人と暮らしていくのは耐えられない』って、その不倫相手がこぼしてた」

俺は不思議に思った。そんな男が、自分の妻が浮気をしていることを、ヘラヘラ笑って許すだろうか、と。俺は、同僚に言うでもなく、飲みかけのグラスに語りかけるように言った。

「俺には、そのダンナの気持ちが全然わからないな。俺がもし、妻の浮気相手の男から、『あなたの奥さんと浮気してますよ』なんて聞いたら、大激怒して、絶対に二人を許さないけどな」

それを聞いた同僚が、グラスの中に半分以上残るアルコールを一気に飲み干し、「ふぅ」とため息をついた。そして、俺に視線を合わせず、ニヤニヤした気味の悪い笑顔を顔に貼りつけたまま言った。

「ごめん、さっき言った言葉で訂正しなきゃいけないところがあった。相手のダンナ、『平気な顔でヘラヘラ』してたわけでも、『怒った感じもない』わけでもなかったよ。『自分の妻が浮気していたら、大激怒して、絶対に二人を許さない』らしいわ」

（作　桃戸ハル）

手放したものと、手に入れたもの。

――誰かを好きになるなんて、思ってなかった。

だって、ここは予備校だから。「予備校」は、第一志望の大学に合格するために、みんな必死で勉強する場所だ。受験生には、クリスマスもお正月もない。勉強第一、絶対合格。そのためには、恋愛もタブーという雰囲気さえあって、恋バナで盛り上がっている予備校生なんて一人もいない。

それが予備校での「マナー」なら、守らなきゃと思った。第一、今の自分の成績ではみんな以上に勉強しないと、第一志望の大学には合格できないこともわかっていた。つまり、恋をしている場合じゃなかった――のに、気づいたら好きになっていた。

自分の気持ちに気づいてからも、相手には何も言わずにいた。告白なんてすれば、相手のペースを乱してしまうかもしれない。仮に、万が一、付き合えたとしても、浮かれて勉強に集中できなくなったら取り返しがつかない。受験生はそういうギリギリの場所に立っているんだということは、自分の身に置き換えても理解できた。

それに、自分と相手の志望大学は遠く離れている。仮に告白に成功したとして、二人とも第一志望に合格するという理想の未来が訪れたら、離ればなれになってしまう。遠距離恋愛を続けられるだろうかという不安はあるし、かといって「離ればなれになるのをキッカケに別れよう」という展開も、冷たすぎてのみこめないだろう。

だから、告白はしない。自分がこの気持ちにずっとフタをすることさえできれば、誰にも迷惑をかけずにすむのだから。

＊　＊　＊

「ねぇ。ほんとに告白もしないまま、離ればなれになっちゃっていいの？」

そう問われて、胸が震えた。「このXの値、わかる？」という問いだったら、必死に勉強を重ねた今の自分なら、すぐ答えられただろう。でも、予備校仲間から向けられた問いには、簡単に答えることができなかった。予備校帰りに立ち寄ったファミレス。食べ終わったチキンステーキの皿に、バターソースの残りが白く固まっている。

それを見るともなしに見つめていると、「ねぇ」と、じれた声で問いが重ねられる。

たよ。もう、告白しても受験の邪魔にはならないよ」

「いや。いいんだ、告白はしない」

予備校仲間である鈴本織絵《すずもとおりえ》の言葉に、力なく首を振る。もう、決めたことだった。

「朝野《あさの》さんのこと、好きなんでしょ？　朝野さんも、第一志望に受かったって言って

「朝野さんが合格したのは北海道の大学で、俺は東京の大学に合格した。もし告白してOKをもらえたとしても、ざっと千キロ離れた遠距離恋愛になる。そんな遠距離恋愛、俺にはできそうにないし、それにきっと、朝野さんだって困るだろ。せっかく第一志望の大学に合格したって喜んでるところに困らせたくないよ」

「進路も恋愛も、両方実らせたいとは思わないの？」

間髪《かんはつ》をいれずに尋ねてきた織絵の目は真剣そのもので、とっさに、「思わない」と撥《は》ねのけることはできなかった。

予備校で懸命に勉強したかいあって、第一志望の大学には合格することができた。今日だって、そのことを報告するために予備校に行ってきたのだ。そこで、予備校でのクラスが同じだった織絵に、「わたしも合格したの！　ファミレスでお祝いしようよ！」と捕まって今に至るわけだが……こんなふうに詰め寄られるなら、断っておけばよかった、という気持ちも芽生えてくる。

「遠距離恋愛って、そんなに難しいことなのかなぁ……」

ふと、正面で織絵がつぶやいた。ドリンクバーでココアを入れてきたマグカップを両手で包みこむように持ち上げながら、つぶやきを続ける。

「離れていても連絡をとり合う手段なんて、たくさんあるでしょ？　わたしは、物理的に離れていても、心でつながっていれば、二人の関係は変わらないと思う。それに、会えない時間が愛を育てるんじゃなかったっけ？」

「俺は無理だな」

口から出た声が思った以上にかたくなだったことに自分自身でひるみながら、それでも、今さらひっこめられなくなった言葉を、ゆっくりと続ける。

「たしかに、連絡をとり合うことはできるよ。信頼関係があれば、『離れてる間に、相手がほかの人を好きになるんじゃないか』っていう不安は生まれないかもしれない。でも、実際に会うことはできないだろ。俺は、好きな人と手をつないでいろんなところへ遊びに行きたいし、何かあったら駆けつけて助けてあげたいと思うし、逆に、もし俺が病気で寝こんだりしたら看病に来てほしいと思っちゃう。でも、東京と北海道じゃ、そういうことは簡単にできない。もちろん、たまには彼女のところへ会いに行くとしても、お互いに授業があるし、お金もかかる。そう簡単な話じゃないよ」

「へぇ、リアリストなんだね」

織絵のその感想は、ほめているのか、失望しているのか、判断が難しい。が、まぁどっちでもいい。織絵もまた、九州にある大学への進学が決まっているので、春からは顔を合わせなくなる。もしかしたら、人生において、もう二度と……。それなら、今夜の話は、「いっときの恥」ですむ。その思いが口を滑《なめ》らかにした。

「リアリストっていうか、ビビりなだけかもな」

「え？」

「結局は、俺自身が寂しい思いをするのが嫌なだけかもしれない。会いたいけど会えないのが寂しい。まわりはみんなカップルで幸せそうにデートしたり、友だちにノロケたりしてるのに、遠距離恋愛になったら、そういうことができない。『会えない時間が愛を育てるわけない』って、思っちゃうんだよ。結局俺は、好きな人にそばにいてほしい、ほかの誰よりも好きな人のそばにいる存在でありたい。そういう考えなんだ。好きな人を抱きしめる実感がほしいっていう気持ちは自然なことだろ？」

織絵からの反応はなかった。しまった、あけすけに話しすぎたか……と少し後悔するが、口から出した言葉を胸の中に戻すことはできない。

ごまかすようにマグカップを手にとったが、入れてきたカフェラテが冷めていることに気づく。一度冷めたホットドリンクは、どうも苦手だ。たとえ温め直しても、以前のおいしさには戻らない。

店には悪いけど、新しいドリンクをもらってこよう。そう思って腰を浮かしたとき、ようやく織絵が口を開いた。

「訂正。めっちゃロマンチストじゃん」

先ほど口にした「リアリストだ」という感想を訂正するということだろう。なんと返すのが正解かわからず、「あ、そう」とだけ応じて座り直すと、織絵は頬杖《ほおづえ》をついて続けた。

「たしかに、好きな人には会いたいし触れたいよね。それはわかる。でも、わたしは、それは二の次かな。好きな人が元気でいてくれること、幸せでいてくれることが一番大事。それから、ちゃんと『あぁ、この人はわたしのことを好きなんだな。大切に想ってくれてるんだな』って実感させてくれさえすれば、わたしは遠距離恋愛でもやっていけると思う。だから、『どうせ離れちゃうんだし』っていう理由で告白をあきらめるのは、やっぱり違う気がする。『あのとき、告白しておけばよかった』って後悔したくないから、わたしだったら、最後に気持ちを伝えようとすると思う」

「それは、鈴本さんが、実際にそんな境遇じゃないから言えるんだよ」

その声はまたしても、自分で思った以上に冷淡で、織絵の気配が正面で少し強張ったのがわかった。それでも、「他人事だと思って簡単な正論ばっかり言わないでくれ」という気持ちは、本心だった。

「少なくとも、俺にとっての恋愛は、そんなキレイごとでまとめられるものじゃないんだ。鈴本さんも、俺と同じ立場になったら、きっとそんなこと言えないと思うよ」

「そう、かな……」

織絵の声がしぼんでいる。

「キレイごとじゃなくて、ほんとにそう思ったんだけど……やっぱり、いざとなったら『好き』って言えないものかな？　ごめん、自分の考えを押しつけすぎた」

そこまで反省することでもない気はしたが、織絵は、目を閉じて考えこむ様子を見せた。その前にずっと座っているのもいたたまれないので、ドリンクバーで新しいカフェラテを入れ直してくることにする。

席を離れていたのは、一分ほどだっただろう。湯気のたつマグカップを手に戻ると、織絵は変わらずシートに浅く座ったまま目を閉じ、何かをブツブツとつぶやいていた。

「……大丈夫。わたしなら言える、絶対言える……。ううん、言う。……よし」

「よし」のつぶやきとほぼ同時に、織絵が目を開けた。もといた席に腰を下ろした直後に、その織絵と目が合う。「どうした？　何が『よし』？」と尋ねる隙はなかった。

「わたし、あんたのことが、ずっと好きだった」

青天の霹靂《へきれき》とはこのことで、喉《のど》の奥に詰まった言葉が空気のもれるような音となって、かすかに口からこぼれただけだった。

「……え、待っ――俺？」

ようやく言葉といえる言葉を口にして自分の胸もとを指さすと、織絵が無言でこくりとうなずく。その頬と鼻先が赤く染まって見えるのは、まだ冬の気配が居座り続けている三月の夕暮れだから、ではないだろう。そもそも、ファミレスの店内はニット一枚でも快適なくらい暖かいのだから。……いや、今はむしろ暑いくらいだ。

「えっ？　その……俺は……」

首筋に汗がつたうのを感じながら、必死に言葉を捻《ひね》り出そうとする。すると、正面で静かに笑う気配がした。

「遠距離恋愛に対するあんたの考えは聞いたから、答えてくれなくても大丈夫だよ」

そう言う織絵は、意外にもスッキリとした表情だった。

「驚いた？　あんたとは予備校で同じクラスになって、席が近くて話すようになって、気づいたら好きになってた。でも予備校って、『恋愛はご法度《はっと》』みたいな雰囲気があるでしょ？　あんたの勉強の邪魔になっちゃいけないとも思ったから、ひとまず、受験が終わるまでは言わないでおこうって決めてたんだ。それに、わたし自身、とまどってたしね」

――予備校で誰かを好きになるなんて、本当に、思ってなかった。

相手からの反応は、まだない。よほど混乱しているのだろう。
やっぱり、受験が終わるまでは告白しないという自分の判断は間違ってなかったんだなと織絵は思う。もし告白していたら、相手は本当に、受験勉強どころではない状態になっていたかもしれない。そんな想像をして、織絵は少しだけ自分をほめたい気分になった。
「ほんと言うとね、わたしも遠距離恋愛はこわい。さっきは、ああ言ったけど……もちろん、『お互いに信頼していれば遠距離恋愛だってできる』っていうのも正直な気持ちなんだけど、やっぱり、百パーセント安心するなんて、できない。だから一瞬、告白すること自体あきらめようかなとも思ったんだ。わたしがこの気持ちにずっとフタをしておけばいいだけなんだから……そうすれば誰も困らなくてすむんだから、って。でもね……やっぱり、できなかった」

そう言った織絵が笑う。少し困ったような、ともすれば泣きそうな、そんな淡い表情で笑う。心の中に芽生えた初めての想いを、どうしていいのかわからないでいるかのように。「できなかった」という事実を、いつくしむかのように。

「告白しないで別れることも考えたけど、やっぱり、それは嫌だなって思ったんだよ。この場所で、この瞬間に──あんたと一緒に必死になって勉強する間に恋した事実を、どうしても、なかったことにはしたくなかったんだ」

セーターの胸もとをギュッと握る織絵の手は、小刻みに震えていた。

やがて、その震えをごまかすように、織絵は動いた。セーターから離した手でバッグをつかみ、中から財布を取り出して千円札を二枚、テーブルの上に置く。

「もう行くね。これ、わたしの分。なんか、あんたの気持ちを探るようなことばっかり聞いちゃって、ごめん。いざとなったら、すぐに告白できなくてさ……。情けないよね、わたし。でも、あんたの口から『遠距離恋愛はできない』って聞いて、納得できたっていうか、気持ちに整理がつけられた」

それじゃ……と、織絵が席を立つ。

「待って！」

ガタンッとテーブルにぶつかったような音が、懸命な声にかぶさった。反射的に振り返った織絵は、赤らみながらも真剣な表情を目の当たりにした。

――あぁ、わたしが恋をした表情だ。

「その……ありがとう。九州の大学に行っても、元気で」

相手の口から向けられたその言葉は、ともに「大学受験」を戦い抜いた友からのはなむけでもあり、そして同時に、織絵の告白に対する明確な答えでもあった。

最初から、わかっていた。それでも告白したのは、織絵が自分自身の気持ちにケリをつけるためだった。決定的な別離の言葉は、「後悔したくなかった」という織絵の気持ちに、相手が寄り添おうとしてくれている証拠だ。けっして悔いが残らないよう、「ふる」という形で。

――大丈夫。これできっと、後悔はしない。

「ありがとう！　宮野《みやの》くんも元気でね！」

それだけ言うと、織絵は今度こそ、ファミレスを出た。そうして、一度も振り返らないまま三月の夕闇の中を駆け出す。まだまだ冷たい空気が織絵の頰を打ったが、走って向かう先は新しい春だということが、織絵にはわかっていた。

甘さと苦さが等分に、胸の中で交じり合っているような感覚がする。ふいによみがえった、あまりにもなつかしい記憶は、宮野忠志《ただし》にとって「青春の一ページ」と呼べるものだった。

＊　＊　＊

気づけば、食後に淹れたホットコーヒーがすっかり冷めてしまっている。あぁ、またやってしまった……と、胸の中の甘さが苦さに追いやられた。

一度冷めたホットドリンクは、今も昔も、どうも苦手だ。高校生の娘は、「レンチンすればいいじゃん」などとあっけらかんと言ってくれるが、そういうことではない。たとえ温め直しても、以前のおいしさにはならない。それは恋愛においても同じで、一度冷めた恋心をもう一度温めようなどと思ったこともない。

予備校時代に淡い恋をした「朝野」という女子は北海道の大学へ進学し、こんな自分に告白してくれた鈴本織絵も、九州の大学へ進学した。どちらとも、それ以来会っていないし、どうしているのかも知らない。今の時代ならSNSですぐに見つけられるのかもしれないが——それこそ、娘に言えば、すぐさま「この人じゃない？」と特定しそうなのだが――そうしたいという気分にもならないから、そのままにしている。

それでいいと、忠志は思っている。記憶の一部に「青春」という甘酸っぱいラベルをつけて、ときおり見返す程度にとどめているからこそ、「青春」は美しいままとっておけるのだ。

「――だから、日曜日よろしくね、お父さん」

「へっ？」

唐突に思い出から現実に引き戻される。「お父さん」と呼ばれる自分が、「あまりにも「青春の一ページ」とかけ離れていて、忠志は面食らった。間の抜けた声をこぼした忠志に、「もう、聞いてなかったの？」と、娘がにらみを利かせてくる。

「だからぁ、日曜日に彼氏をウチに連れてくるから、お父さんも家にいてねって話！ちゃんと聞いてた？」

高校生の娘・紗月《さつき》が、「聞いてなかったなんて言わないよね？」と、非難がましい表情で迫ってくる。もちろん、聞いていた。ただ、娘があまりに彼氏のことで嬉しそうにしているから、自分にとっての淡い恋の記憶に、意識を誘われたのだった。

「あぁ、わかってる、わかってる。彼にも、『楽しみにしてる』って伝えておいてくれ」

そう言うと、ようやく娘は満足したようで「わかった」とうなずき、「じゃ、先にお風呂に入るねー」とリビングを出ていった。

ふぅ、と息をついてから、コーヒーを淹《い》れ直すために席を立つ。

娘は春から付き合い始めた彼氏と良好な関係を築いているようで、いよいよ、その彼氏を紹介してくれるという。三十路《みそじ》に近い長男はすでに結婚し、自分の家庭を築いている。大学を卒業してスポーツジムのインストラクターになった次男は、筋トレばかりで恋愛にはうといクチかと思っていたら、「最近ちょっといい感じのお相手がいるみたいよ」と、妻がこっそり教えてくれた。いつの間にか、子どもたちはみんな、それぞれの恋愛の中にいる。

――予備校時代には想像もしなかった未来へやってきたものだな。

淹れ直したコーヒーをすすりながら、忠志はフッと笑みをこぼす。

みずからあきらめた恋と、応えてあげられなかった恋がある。もしもそれらを選んでいたらどうなっていたのだろうと思うことはあっても、後悔したことは一度もない。あのとき手放した恋があるからこそ、今こうして、妻や子どもたちという、かけがえのない存在に恵まれているのだから。

（作　橘つばさ、桃戸ハル）

彼女の正体

「あー、彼女がほしいっ！」

ストレートすぎる欲望の声が聞こえてきて、宮野紗月は思わず顔を上げた。どうやら、こちらに背中を向ける形でカウンター席に座っている、二十代なかばくらいの男性が上げた声のようだ。連れなのだろう、カウンターで隣に座ったもう一人の同年代の男性が、叫んだほうの男性の背中を「まぁまぁ」と軽く叩《たた》いている。

男性二人でお酒を飲んでいて、酔ったテンションで「彼女がほしい」と本音をもらしたというところだろう、と紗月が考えていたとき、「紗月？」と正面から名前を呼ばれた。

「どうした？　もうお腹いっぱい？」

「あ、ううん。まだまだ食べられるよ！」

正面でもりもりとピザを食べていた恋人の伊村亮介《いむらりょうすけ》に気づかうように尋ねられて、

食事の手が止まっていたことに気づく。

今日は土曜日。午後から、高校生の紗月は大学生の恋人である亮介と、二人そろって大好きなマンガ家の原画展に出かけていた。ここは、その帰りに立ち寄った、ピザがおいしいと評判のイタリアンバルだ。高校生の紗月に合わせて、今日は亮介もソフトドリンクを選んでくれているが、ふだん友人たちと食事に行くときは、亮介も料理に合わせてお酒を楽しんでいるらしい。

――好きな人と一緒にお酒が飲めるようになったら、楽しいんだろうな。

紗月はそんなことを思いながら、白ブドウのジュースを口へ運ぶ。

するとふたたび、カウンター席のほうから男性客の声が聞こえてきた。

「仕事が忙しくて、彼女をつくる暇がないなんて、本末転倒だよな！　俺はさ、仕事で疲れて帰ったときこそ彼女に会って癒《いや》されたいんだ。疲れきった俺のために、あたたかいごはんを準備して待っててくれる彼女がほしい！　ただなぁ、仕事がなぁ……。出張も多いし、急な残業とか飲み会とかが入って、家で食事できなくなることも多いのがなぁ……。それでも文句を言わずに迎えてくれる彼女がほしいよ。俺の姉貴なんかさぁ、そーゆーのとは真逆のタイプだから。だから、彼氏もできねーんだよな」

「言うなぁ、エイジ。俺の弟がそんなこと言ったら、俺だったらぶっとばすぞ」

「エイジ」と呼ばれた男性の一連のセリフに、紗月は思わず眉をひそめた。「彼女なら、自分の都合に合わせて料理してくれて当然」と、決めつけているような発言だ。しかも、彼女が自分を出迎えることが大前提のような言い方だったから、「男は仕事、女は家庭。それに従えない女は論外」という、時代錯誤な考え方の持ち主なのかもしれない。

そう思ったところで、またしても「紗月？」と名前を呼ばれた。はっとして顔を上げると、亮介が無言で視線をカウンターにちらりと向け、ふたたび紗月を見つめて無言で語りかけてくる。

――あっちの話が気になる？

言葉はなくても亮介と意思疎通できたことを確信した紗月は、こくこくと強めにうなずいた。それを見た亮介が、今度は小さく声に出して、「やっぱり」と苦笑する。

「紗月、ああいう話題に敏感だもんな。『男が』とか『女が』みたいな決めつけも嫌いだし」

「わたし自身、あんまり料理が得意じゃないから、よけいに思うのかもしれないけど、料理に限らず、『できるほうがやる』でよくない？　性別は関係なくない？　って思うんだよね。得意、不得意は、誰にでもあるよね。それを考えずに性別で分担を決められるのは、納得いかないよ」

「俺も料理は、得意じゃないからなー」

「二人とも不得意なことなら、協力するなり、ほかの方法で解決したっていいって思うの。料理なら、外で買うとかデリバリーを利用するとか、ほかにも、家事の面倒なとこをカバーしてくれる家電とかが、今はたくさんあるでしょ？『自分はできないから、あとはよろしく』ってパートナーに丸投げする前に、二人で話し合うべきだよね。そもそも、それでこそ『パートナー』でしょ？　たしかに、わたしより背が高いからとか、力があるからとか、そういったことでお願いしたいことはたくさん出てくると思うけど、『男性だからこうして』っていうようなことは言いたくないと思ってる。だからもし亮介が不愉快に感じるようなことがあったら、ちゃんと言ってね」

「わかってるよ。俺も気をつける」

そう言って、亮介がスマートに微笑んだ直後、「なんで彼女できないんだよぉ！」と、ふたたびまったくスマートではない嘆き声がカウンターのほうで上がった。背後で交わされていた紗月たちの小声の会話には、まるで気づいてもいない様子である。

「俺はただ、ほかほかのごはんを準備して待っててほしいだけなんだよ……。食事は、生活の基本じゃん。ストレスフルな職場で、ハードな仕事に毎日耐えてるんだから、それくらい願ったって許されると思わない？　なぁ、カイ」

そう言って、先ほど「エイジ」と呼ばれていた酔っ払い男が、連れの肩に手をかける。すると、「カイ」と呼ばれた連れの男は、「しゃーないな」と、カウンターに置いてあったらしいスマホを手にとった。

「そこまで言うなら、おまえのために『あたたかいごはんを準備して待っててくれる彼女』を紹介してやろっか？」

うなだれていた男――エイジが、がばりと顔を上げる。

「えっ、マジで!?　カイ様、お願いします！」

「帰りが遅くなっても、急な飲み会や残業でも、文句ひとつ言わないはずだよ」

「なんだよ、最高じゃん！　紹介してくれよ、どんな女子だよ!?」

本当にそんな女性がいるのか。いたとして、紹介するのが友人として正しい行いなのか。そんなことを紗月は思っていたが、すがりつかれたカイは、「ジャーン！」と言って、スマホの画面をエイジのほうに向けた。勢いこんで画面をのぞきこんだエイジが、すぐに怒鳴り声を上げる。

「おまえこれ、女の子じゃなくて、炊飯器じゃん！　ジャーンじゃなくて、ジャーだよ!!」

エイジの上げた一言で、紗月は口に含んだ白ブドウのジュースを吹き出すところだった。なんとかこらえて亮介を見ると、ピザにかぶりついたまま小刻みに肩を震わせている。遅れて紗月も、勝手に笑みの形になっていく口もとをごまかすように手で押さえた。その間にも、カウンターでの会話は続いている。

「これなら、文句も言わずに、ほかほかのごはんを用意して出迎えてくれるだろ。最新機種だぞ、最新機種。『あたたかいごはん』だけじゃないんだ。煮物とかケーキとか、いろんな調理がこの炊飯器ひとつで、できるみたいだぞ。これで、この炊飯器が、掃除や洗濯をしてくれるようになったら、最高だなー」

「ふざけんなよ。俺がほしいのは炊飯器じゃなくて、人間のカ、ノ、ジョ! ったく、おまえに相談した俺がバカだったよ……」

そう言ってうなだれたエイジは、店員に「すみませーん、ジンジャーハイボールおかわりくださぁい。炊飯ジャーじゃなくて、ジンジャーですよ!」と注文してから、やけ食いのようにピザにかぶりついた。

そうして少しは気持ちが落ち着いたのか、「それで?」と、顔を連れの男に向ける。

「カイ、俺に話したいことがあったんだろ? なんなんだよ?」

「あぁ、それな。いやぁ、じつは……このタイミングで言うのもなんだけど、俺、彼女ができたんだ」

「はあっ!?」と、エイジがすっとんきょうな声を上げた。高さのあるスツールをガタつかせながら上半身をのけ反《ぞ》らせ、酒で赤らんだ目を限界まで見開いている。

「おまっ……！　マジで、それ言うのこのタイミングじゃねぇよ。なんだよ裏切者！……えっ、まさか、炊飯器を買った、って話じゃないだろうな？」

「そんなわけないだろ？　そもそも俺は、彼女に、『ほかほかのごはん』なんて、言わないから。おまえの話がそういう感じだったから、今日は言うのやめとこうかなーとも思ったんだけど、やっぱ親友のおまえには、ちゃんと自分の口から報告しなきゃなーと思ってさ」

「まぁそれは嬉しいけどさ。いやー、でもマジかー。おまえに先越されるとか、考えてなかったわ。……うん、でもまぁ、おめでとうだな！」

そう言って、エイジはカイのほうに、新しいジンジャーハイボールのグラスを差し出した。カイはワイングラスを持ち上げ、エイジのグラスに軽く合わせる。やがて、ハイボールで唇を湿らせたエイジが、気を取り直した様子でカイに尋ねた。

「それで、お相手は？」

「昔から付き合いのあった人でさ。告白とか交際とか、今さらかなっていう気もしたんだけど……でも俺、昔からその人に憧れてるようなとこあったし、それに、仕事が忙しくなってきて昔みたいに会えなくなったら、ちょくちょくその人のこと思い出すようになっちゃってさ。今さらかなーとか思ったけど、これってやっぱり、好きってことなんだなって思ってさ」

「言うねぇ！　美談じゃん。そんなことより、もっと具体的に教えてくれよ!?」

「年齢は、いっこ上。でも、ちょっと天然っていうか、ドジなところがあって、そこがかわいいっていうか、目が離せないんだよ。ちょっとぽっちゃりなのを本人は気にしてるみたいなんだけど、俺にとってはそれはチャームポイントでしかない。ごはんをおいしそうに食べる彼女を見てるのが好きなんだよね。だから、いろんなお店にも連れていきたくなるんだ。じつはここも、美味《おい》しかったら彼女と来ようと思ってさ。今日はリサーチもかねてたんだ」

「なんだよ、俺は下見の付き合いかぁ？　でもまぁ、メニューは豊富だし、どれもおいしいし、雰囲気もいいから喜ばれるんじゃない？　俺的には酒の種類も多くて嬉しいよ」

「そっか、エイジがそう言うなら大丈夫そうだな」

「『昔から付き合いがあった』って言ったよな？　ってことは、もしかして、俺の友だちだったりする？　あるいは知り合いとか？」

「おまえの友だちではないよ。知り合いでもないだろうな」

そして、ワイングラスを唇から離したカイが、エイジに向かって、こう尋ね返した。

「おまえの姉さん、『最近、年下の彼氏ができた』って、言ってなかった？」

「…………え？」

「あ、言ってないか。おまえさっき、『俺の姉貴は、そんなんだから彼氏もできないんだ』みたいなこと言ってたもんな。悪い、悪い。でも、その発言は弟とはいえ、ハルミさんに失礼だと思うぞ」

「……いや、待て、待て、待て！　謝るとこ、そこじゃねぇだろ!?」

エイジはなんとか落ち着こうとしているものの、「いやべつに謝ってほしいわけでもないけど！」と、自分でも何を言いたいのか、よくわからなくなっている様子だ。

「まぁ、そういうことだから。もしかしたら、いつかはエイジが俺の義弟ってことになるかもしれないけど、そんときはヨロシクな。さっきも言ったけど、俺は『おとうと』には厳しいぞ」

「いやいや、それは『ちょっと待て』だわ！　あと、姉貴をここに連れてくる前に俺で試したってことに関しては、やっぱ謝れ！」

「だって、姉弟なんだから、好みも近いはずだろ？」

「おまえとデートしてる気分になってきたよ……。酔いもさめた！」

「俺もまたデートしたいなー。ハルミさん、かわいいよな」

「やーめーろー！」

カウンターの騒ぎを横目に、紗月と亮介は顔を見合わせ、微笑みをこぼした。

心がふわっとなった今、デザートには、生クリームの添えられたシフォンケーキが合いそうだ。


（作　橘つばさ、桃戸ハル）

責任のとり方

「ほんっと、マジであり得ない!!　そうでしょう!?」

受話器から飛び出した怒声が、男の鼓膜を鋭く貫いた。男は思わず受話器を耳から離したが、それでも、途切れることのない怒声が容赦なく追いかけてくる。

男は、とある出版社のマンガ編集部の編集長である。その男が今、デスクで受けているのは、この編集部から出しているマンガ雑誌に対するクレームの電話だった。クレームの内容は、昨日発売されたばかりの今週号に掲載された、とある連載マンガの中に誤植があったことを指摘するものだった。そして、言われるままにその箇所を確認してすぐ、編集長は頭を抱えた。

なんと、今週号最大の見せ場ともいうべき場面——緊迫した空気のなか、主人公の男子がヒロインに懸命に呼びかけるという大事なシーンで、主人公が口にするヒロインの名前が間違っていたのだ。

「申し訳ありません。単行本に収録する際は、間違いなく訂正いたしますので……」

「単行本なんか知らないわよ！　今のこの気持ちをどうするのかって話でしょ!!　あんな感動的なシーンで、主人公が叫ぶヒロインの名前が間違ってるなんて、あり得ない!?　誰よ、『ハルカ』って！　ヒロインの名前は『キョウカ』でしょ！　こんな大間違い、なんで気づかないの!?　担当編集者がいい加減な仕事してるから、こんなことになるのよ！　あの作品のファンだったのに、その思いを踏みにじられた気分よ。読者は真剣に物語と向き合って、驚いたり悲しんだりしてるの。その物語の中にいるキャラクターは、みんな、私たちの中では本当に生きてるの!!　その一言一言に、キャラクターの魂が宿っているの！　プロなら、そんなことわかるでしょ！　登場人物を、ちゃんと真剣に、実在する人間だと思って扱いなさい！　読者をなめないで！」

電話の向こうの読者の怒りは、いつまで経っても収まらない。編集長は、それを甘んじて聞き続けた。

実際、主人公がヒロインの名前を呼び間違えるという痛恨のミスに気がつかなかったのは編集部の責任である。作家の原稿の時点で間違っていたのか、あるいは文字を組版するときに間違ってしまったのかはわからない。しかし、原因がなんであれ、間違った状態で雑誌に掲載され、世に出てしまったのは……。この作品を担当しているのは、長い編集経験のある、ベテランである。彼は、この作品を最も愛している第一のファンでもある。

――彼がこんなミスをするなんて、何かあったのだろうか。それにしても、「登場人物を、ちゃんと生きている人間だと思って扱え」か……。まったくその通りだな。

そして、また電話の相手に詫びた。

「はい……はい、おっしゃるとおりです。申し訳もございません。今回のミスについては、ミスした本人に、きちんと責任をとらせます。もちろん、なぁなぁで終わらせるなんてことはいたしません」

編集長は頭を下げながら、静かに電話を切った。

頭の中では、今回の重大なミスをした本人に、どう責任をとらせるかを、必死に考えていた。

＊　＊　＊

翌週発売の雑誌に掲載されたマンガの中で、ミスをした本人がきちんと責任をとる形となった。

「『ハルカ』って誰よ！　わたしは『キョウカ』！　こんなときに別の女の名前を呼ぶなんて、最低ッ!!」

ヒロインの名前を呼び間違えるという痛恨のミスを犯した本人――マンガの主人公は、ヒロインに浮気を疑われ、容赦ない平手打ちを食らうことになったのだ。

（作　桃戸ハル）

恩讐の間《はざま》で

自分の父親を殺した男が、かつて父の使用人であった「市九郎《いちくろう》」であることを、実《じつ》之助《のすけ》はつきとめた。実之助は身震いした。さまざまな感情が一気に湧き起こり、彼の体を震わせた。

長かった。今日という日まで、いったいどれだけ眠れぬ日々を過ごしてきたことか。やるせない思いをこらえきれず、どれだけ唇をかんできたことか。

このときのために床の間に飾っておいた家宝の刀を、実之助は手にとった。ずしりとした重みが実之助の心に、改めて固い決意をもたらす。

「待っていろよ、父上の仇《かたき》め……！」

怒りと憎しみと興奮で震える声とともに、実之助は暗い瞳を輝かせた。

市九郎は、その昔、罪を犯した。

仕えていた屋敷の主の奥方に想いを寄せてしまったのが、そもそもの始まりだった。ある日、市九郎が、己の妻と通じていることを知って激しく怒った主が、市九郎に斬《き》りかかってきた。殺されてもしかたのない不義を働いた自覚が市九郎にはあったが、それでも、いざとなると命が惜しくなった。気づけば短刀で主の刀を受け、その切っ先をかわした流れで、主の体に刃を突き立てていた。

主殺しの大罪を犯した市九郎は逃げた。逃げる間にも、生き延びるためといって罪を重ね、気づけば悪行と、誰のものとも知れない血で、彼の両手はどす黒く染まっていた。

疲れ果てた市九郎の体に、どっと後悔の念が押し寄せた。ぼろぼろの体では、逃げることももうできない。市九郎は荒れ果てた道の端に、どっと倒れこんでしまった。

そこに、一人の僧が通りかかった。市九郎をあわれに思った僧は、近くにあった自分の寺に市九郎を連れ帰り、あたたかい食事と布団《ふとん》を与えた。そして、僧の慈愛に触れた市九郎は、涙ながらに己の犯した罪を懺悔《ざんげ》した。

市九郎の話を、ずっと目を閉じて聞いていた僧は、話が終わると目を開いて言った。

「自分のしたことを悔いるのなら、残りの命を、自分以外の者のために使いなさい。

清く正しい行いこそが、あなたの罪を浄化してくれるでしょう」
僧の言葉に、市九郎はまた大粒の涙を流した。そして、自分の罪を償う旅に出たのである。

市九郎には金も知恵も力もなかったが、それでも、道ゆく先に、涙する者、頭を抱える者、顔をおおう者がいれば、寄り添うことを忘れなかった。ときには言葉で誠意を尽くし、必要とあらば泥にまみれながら働いて力となった。

そうやって、他人のために命を使う決意を胸に旅を続けていた市九郎は、あるとき、とある難所に行き着いた。

絶壁に沿ってうねるその道は、幅もせまく急で、年に何人もの人間が足を滑らせて谷に落ちてしまうという。落ちればまず助からない、この深い谷に雨が降ったときには、一日で十人以上もが落命したことさえあった。

その難所を、市九郎もまた決死の思いで抜けたあと、「これでは、村人たちの苦労はただ事ではないだろう」と、額《ひたい》の汗をぬぐった。そのとき、市九郎の頭に、ひとつの考えが浮かんだ。

「そうだ……この崖道を行かずともすむよう、隧道《ずいどう》を掘ればよいのだ。そうすればここで命を落とす者もいなくなるだろう」

思いつくや、市九郎はその崖道からほど近い集落に身を寄せることにした。自分勝手な考えではあるが、人のために隧道を通すことこそが、これまでに自分の犯してきた罪への最後のあがないになると考えたのだった。

それから何年も何年も、市九郎は村人のためを思って崖を掘り続けた。村人たちは、「鉄のように硬いあの岩盤に穴をあけるなど、無理に決まっている」と言ってあざ笑ったが、それでも市九郎は、たった一人、手を血だらけにしながら崖を掘り進めた。

その執念はすさまじく、頑強な岩盤が日に日に着実に削られていった。岩盤のほうが市九郎の気迫に負けて、みずから砕けてゆくかのようだった。そして――。

実之助が市九郎のもとを訪れたのは、もう少しで隧道が貫通するというある夜のことだった。

「市九郎というのは、あんたか」

「そうだが……」

初めて顔を合わせた二人は驚いた。二人の顔立ちが、よく似ていたからである。実之助はまだ三十路にもさしかからない年齢で、対する市九郎は間もなく還暦を迎えるころであったが、二人はまるで親子かと見まがうほどに顔の造形が似ていた。

——もしかすると、この男こそが俺の本当の父親なのか……？

そんな悪夢のような想像を振り払うように、実之助は言った。

「親の仇に似るなど、これほど虫唾《むしず》の走る皮肉もないな」

「なんだと？　それでは、おまえは……」

敵意をむき出しに吐き捨てる実之助を前に、市九郎は己の身に何が迫っているのかを悟った。

罪に追われながら老いさらばえた市九郎には、覚悟ができていた。いくら罪滅ぼしのために隧道を掘ったとしても、犯した罪は、あの岩盤のように砕《くだ》けはしないのだ。やはり、いくら時間をかけようとも、幾度と鋼《はがね》で打ちつけようとも、決して、罪をなかったことにはできないのだ、と。

だから、いつかあの罪で責められるときがきたら、すべてを受け入れようと市九郎は決めていた。

「わかった。この命は好きにするがいい。ただ、もう少しだけ待ってはくれぬか。あと少しで隧道が貫通するのだ。わたしは、村人たちのために隧道を掘ると誓った。せめて、死ぬ前にその誓いだけは守らせてくれないか。事が終わったら、わたしの命は好きにすればいい」

出会ったらその場で斬り捨ててやろうと構えていた実之助だったが、市九郎のこの言葉を聞いて考えた。

市九郎は命乞いをしているわけではない。むしろ、死を受け入れようとしているようにも見える。ならば、あえて少しの時を与えて、我が身に死が迫ってくる恐怖を存分に味わわせてやればいい。今は、命を捨てる覚悟で崖を掘っていても、隧道が完成すれば、きっと、命が惜しくなるだろう。そうなったときこそ、仇の討ちがいもあるというものではないか。

「いいだろう。なら、隧道が完成したあかつきには、その命、俺がいただく」

そう告げて、実之助は村から少し離れた、橋の下のあばら屋に身を寄せたのである。

その日から、二人の男はそれぞれどういう心持ちで暮らしていたのか。日は何も知らない様子で昇っては沈み、沈んでは昇りを繰り返した。今度こそ。その回数を実之助は毎日数え続けた。討つべき男が、もう手の届くところにいる。父親の無念を晴らすときが、こうして日の出と日の入りを数えているうちに、間もなくやってくるのだ。

ときおり、実之助はこっそりと、市九郎が掘り進める隧道まで足を運んだ。老いた市九郎はそれでもなお、一日たりとも休まずに岩を削り続けていた。足もとには削り取られた石塊が散らばり、闇のなかで足をとられて何度も転びそうになっている。砂ぼこりもこもるし、呼吸もしづらい。こんな劣悪な環境で、老人となった市九郎がたった一人、よくぞ毎日ノミを握れるものだと、実之助としても小さな感心を覚えた。

おそらく、「無理に決まっている」と、最初、村人たちは、市九郎の行いを笑っていたはずである。しかし今、市九郎を笑っている村人はいない。手伝いに進み出る者もいるようだが、「この作業には危険がともなう。それに、これは、わたし一人でなしとげねばならないのだ」と言って、やってくる村人たちを帰しているのだ。

市九郎は、自ら進んで孤独のなかに身を置いていた。最期の瞬間まで孤独でいることも償いなのだと信じているかのように。

——もういい。わかった。充分だ。ならば、その孤独から解放してやろう。

そして、山ぎわに太陽が浮き沈みするのを百回も数えたころ、実之助は穴を掘り続ける市九郎のもとを訪ねた。やってくることをわかっていたのか、実之助を見ても市九郎は眉ひとつ動かさなかった。それがわずかに、実之助には気に食わない。

「ずいぶん、掘り進んだようだな」

「ああ。明日には貫通しそうだ。いよいよ、このときがきた」

「明日か……。あと一日の命と知って、思うところはあるか」

「何も。隧道が貫通して、みなが安全に行き来できるようになりさえすれば、わたしの本懐はとげられる。思い残すことはない」

「そうか」

うなずくなり、実之助は持っていた刀を鞘《さや》から抜き去り、市九郎に斬りかかった。長きにわたる隧道工事で幾度も石つぶてを目に受けていた市九郎は視力を失いかけており、その身に一太刀を受けるまで、実之助の凶行に気づくことができなかった。

血を飛び散らせながら、市九郎がどさりと倒れこむ。岩のくぼみに沿って血だまりが広がってゆくのを、実之助は冷然と見下ろしていた。

「どう、いう、ことだ……。貫通するのを待って、からだ、と……」

息も絶え絶えに言う市九郎の目の前に、実之助が血の滴《したた》る刀を突き立てた。刀から手を離した実之助はその場に腰を折ると、ふいに市九郎の着物を脱がしはじめたのである。

「お、まえ、いったい……」

「お前は、村人たちのために掘っていたんじゃない。お前はただ、自己満足な達成感を求めて掘っていただけだ。そんな奴、殺しただけでは気がすまん」

市九郎からはいだ着物をばさりと身にまとって、実之助は冷酷に笑った。市九郎は弱々しい声で言い返した。

「穴を掘っている人間が変わっていたら、村人も気づくぞ……」

「そうか。俺とあんたは顔立ちが似ているからな。体じゅうを泥まみれにして、少し歳をとったふうに装えば、俺がおまえになりすますことも、できるだろう。それに村人が感謝しているのは『ノミを握っている人間』にであって、あんた自身になんか興味ないんじゃないのか。ただ、隧道が貫通したあとにおまえを殺せば、おまえは聖人。おれは、その聖人を斬った悪人になるだけだ。それでは、父上の仇を討ったと納得できるはずもない。だから、俺はおまえから、すべてを奪いとってやる」

市九郎の着物をはおり、結《ゆ》っていた髪をほどいて少し背中を丸めた実之助の姿は、たしかに、市九郎の立ち姿によく似ていた。顔に泥を塗れば、見分けなどつかない。

そして、その入れ替わりを見る者は、暗闇のどこにもいない。

翌日、「市九郎」は隧道にいた。たしかな足取りで暗闇を進み、ノミを握る「市九郎」の姿を見て、村人たちはささやきあった。

「本当に、ご立派なお人だ」

「ああ。昨日は、精も根も尽き果てているように見えたが、今日は別人のように力を取り戻しておられる」

そして、暗澹《あんたん》と砂ぼこりの立ちこめていた洞穴に、とうとう陽の光が注ぎ込んだ瞬間、村人たちは泣きながら手を叩いて、この大成を喜んだ。村を救った「市九郎」の名を讃《たた》える声は、おそらく男が天命をまっとうしたあともやむことがないだろう。

「本懐は、とげたぞ。父上」

市九郎から名を奪い、名声を奪い、命を奪った実之助は、ひっそりと、暗闇と暗闇の間へ射しこんだ光に向かって、そうつぶやいた。


（原案　菊池寛　作　桃戸ハル、橘つばさ）

クロサキくんにクビッタケ

クロサキくんは、いつも外を見ている。

教室の窓際の列、私の左斜め前方にある席に、クロサキくんは座っている。

授業中、みんなが板書を書き写したり、居眠りをしたり、隠れてスマホをいじったりしている中、クロサキくんはいつも窓の外の世界を見つめている。まるで、籠《かご》に閉じ込められた鳥が悲しい目で大空を懐《なつ》かしむように。

クロサキくんは、クラスの中でも、ちょっと特別な雰囲気をもっている。不良とまでは言わないけれど、少し怖いと言うクラスメイトもいる。あまり誰かと一緒にいることもないし、一人でもまるで構わないという感じだ。

休み時間には、クラスの男子たちが、どの女子が可愛《かわい》いなんて話をこそこそしていたり、女子は女子で、「推しは誰だ」なんて、恋愛や芸能界の噂話をしていたりするけど、そういうのにクロサキくんが混ざって会話している姿なんて見たことがない。

中学生の恋愛なんかに興味がない――というように思える。

初めて、窓の外を見つめるクロサキくんを見たとき、ひどく印象に残ったのは、その姿が何か象徴的に思えたからだった。

クラスの中で、一人だけ、全然別の世界を見ている。狭くて息苦しい学校のことなんて興味がなくて、もっと広い外の世界へ目を向け、飛び出したいと願っている――。

そんなクロサキくんを見ていると、学校の生活に疑問ももたず、他愛もない話で盛り上がって、それで満足しているクラスメイトや自分が、ひどく子どもじみて思えるのだった。

クロサキくんは窓の外を見ながら、何を考えているのだろう。クロサキくんにとって、学校は退屈な籠なのだろうか。自由を夢見るように外を見つめて、何を思っているのだろう。

そんなことが気になって、私は窓の外を見るクロサキくんに、よく目を向けるようになった。

授業中、そっぽを向いているくせに、クロサキくんは割と成績もいい。

部活には入っていなくて、いつもさっと帰ってしまう。

学校の勉強以外にも、きっと私の知らないことを、たくさん知っているのだろう。私には思いもよらないような考えが、クロサキくんの頭の中にはきっとあるはずだ。

——クロサキくんに話しかけてみたい。クロサキくんのことを、もっと知りたい。

いつしか私は、そんな風に思うようになっていた。

どこか寂しげに、切なげに、悲しげに、外を見つめるクロサキくんの心の中に触れてみたい。

とはいえ、元々、あまり他人を寄せつけない雰囲気のクロサキくんに、そう簡単には話しかけられない。これまで、ほとんど話したこともないのだ。

ある日の授業中、相変わらず窓の外を見ているクロサキくんを、私は見ていた。ふと、窓の外の空を、鳥が飛んで横切っていく。私は無意識に、その鳥を目で追った。あんな風に、自由に飛んでいけたらいい気分だろうなと思いながら。気づくと、クロサキくんも、その鳥を目で追っているようだった。もしかしたら、クロサキくんも、私と同じことを考えながら、鳥を見ていたのだろうか。クロサキくんと私だけが、同じ鳥を。それはまるで、二人だけの秘密のようで、なぜか私の心臓をひどくドキドキさせた。

私の首筋に不思議なデキモノができたのは、その夜だった。うなじの付け根あたりを手で触っていたときに、イボのようなものができているのを感じた。スマホで撮影して見てみると、イボとは違う、笠のあるキノコのような形をしたデキモノだった。

何かの病気だろうか。心配になって調べてみると、それは「クビッタケ」というものらしかった。特に体に害があるわけではない。恋をしている人に、まれにできるニキビのようなものだという。病気は病気でも、「恋の病」だったのだ。

恋……恋!?　つまり、私は誰かに恋をしているということ？　いったい誰に？

考えられるのは、クロサキくんしかいなかった。

そんなまさか！　クロサキくんと私じゃあ、とても釣り合わない。

でも、クロサキくんのことを考えたり、見たりすると、胸の高鳴りを感じるのはたしかだった。

クビッタケは、恋が成就したり、恋が終わると自然と消える。無理やり潰《つぶ》してしまうこともできるが、そうすると自分の中の恋心も消えてしまうらしい。

これが本当に恋なのかはわからない。でも、今クロサキくんに抱いている気持ちがなくなってしまうと思うと、私はクビッタケを潰す気にはなれなかった。

私はクビッタケを襟《えり》で隠しながら、傷つけないように気をつけて生活を送った。クビッタケが生えたなんてこと、他の人にバレるわけにはいかない。

でも、日に日に、クビッタケは大きくなっていく。

クラスのちょっとした連絡でクロサキくんと少し言葉を交わしたり、たまたま目が合いそうになったりしてドキドキすると、クビッタケが伸びて首をくすぐる。外を見ているクロサキくんをただ後ろから見ているだけでも、ドキドキする気持ちは日増しに大きくなって、それに合わせるみたいにクビッタケも大きくなっていった。

何とかしようと思ったけど、どんどん膨らむクビッタケを私は止められなかった。

私は必死でクビッタケを隠し、バレそうになると全力でごまかした。

「なんか、最近、変じゃない？」

友だちに聞かれて、ドキリとすることもあった。

「え？　何が？　何もないよ？」

私はパッと首元に手でふたをして、ヘラヘラと笑った。

やがてクビッタケは、襟からはみ出しそうなほどになってしまった。友人たちも薄々、何かに感づき始めている。このままでは、誰かに完全に気づかれるのも時間の問題だ。

私は、もう認めるしかなかった。自分がクロサキくんに恋をしていることを。

これ以上、膨らんだクビッタケを——私の気持ちを隠しきれない。

思い切ってクロサキくんに話しかけよう。できることなら、この気持ちを伝えて、告白も……。

私なんて、クロサキくんにとっては、子どもじみたクラスメイトの一人に過ぎないに決まっている。そんなクラスメイトとの恋愛ごっこなんて、クロサキくんには興味がないだろう。

それでも、もうただ見ているだけではいられない。子どもっぽいと笑われてもかまわない。私の気持ちが本気であることを伝えよう。とにかく今日、一歩を踏み出そう。

そう心に決めて、私は相変わらず窓の外に目を向けているクロサキくんを見た。

国語の授業中で、一人ひとり生徒が当てられて文章を音読している。

私はまだ当てられていなかった。けれど思わず、私は声を出しそうになった。

クロサキくんの首元。そこに私は、自分がよく知るものを見つけてしまった。

襟からちょこんと、クビッタケが頭を出しているのだ。

その時、クロサキくんの右斜め前に座る山本《やまもと》さんが当てられて立ち上がった。

それに合わせて、窓の外を見ていたクロサキくんの顔が少し上向いた。

私はハッとして、自分の横にある窓を見る。窓にはうっすらと教室の景色が映りこんでいる。

クロサキくんの見る窓には、きっと山本さんが映りこんでいることだろう。

音読を終えた山本さんが着席する。窓に映っている山本さんの顔を追うように、クロサキくんの目線が下がる。

窓の外を見ていたのではなかった。クロサキくんはずっと山本さんを見ていたのだ。横を向いて直接見つめるのが恥ずかしいから、窓に映る顔を。

すべて私の勘違いだった。クロサキくんは、私や他のクラスメイトより、ずっと大人びた人間なわけでも、自由を求めて外を見ているわけでもなかった。

クロサキくんは、ただ女の子に恋をしているだけの普通の男の子だったのだ。

自分の首元から何かがポトリと落ちて、私はクロサキくんから目を離した。

机に転がる、しなびてとれたクビッタケを見て、私は自分の初恋が終わったことを知った。

（作 森久人）

男と幽霊

男は、ハッと目を覚ました。

あたりは暗い。夜である。外。木々の茂る林の中に倒れていたのだ。

——どうして僕はこんなところに……？

しんと静まり返った暗闇で、男は考える。

「おい」

誰かに声をかけられた。男は振り向いて、息を呑む。

顔が半分つぶれ、血まみれになった男が、ジロリとこちらを見つめていた。真っ白な着物に身を包んで、暗い林の中にぼんやりと浮かび上がっている。つまり、その姿は、どう見ても……。

「ゆ、幽霊！」

男は悲鳴を上げて逃げ出そうとしたが、体に力が入らない。あわてふためく男を前に、幽霊がため息をついて言った。

「幽霊が、幽霊を見て怖がるんじゃねぇ！」

男はそれを聞いてドキリとした。おそるおそる自分の首に手をやる。ひどく冷たい首に縄の跡が残っているのがわかる。男は、幽霊の言葉で自分のやったことをすべて思い出した。

「ぼ、僕、死んだんですね……。それで、幽霊の仲間入りを……」

うなだれる男を、幽霊はしばらく黙って見ていたが、やがて、あきらめとはげましが入り混じったような声色で言った。

「そんな絶望的な顔をするな。これがお前の望みだったんだろ？　それに、幽霊だって悪かねぇ。だけど、お前、なんで首吊りなんかしたんだ？」

「それは……」

男は少しためらった。しかし、「どうせ死んでいるのだ。今更何を隠す必要もない」と思い、やがてぽつぽつと話し始めた。

「会社で、あるプロジェクトに関わっていたんです。でも、失敗してしまって……。会社に大きな損失を与えてしまったんです……」

「まさか、それで会社に申し訳なくて、か!?　今どき、会社に対して、そんな忠誠心をもっている奴がいるとはな……」

「それもありますが……。プロジェクトは、僕と直属の上司が中心になっていたんですが、その上司が……失敗の責任を全部僕に押しつけたんです。昔から面倒を見てもらって、信頼していた上司でした……。なのに、僕だけが、すべての責任をとって会社を辞めさせられて……」

「失敗と、上司に裏切られたショックってことか？」

「そうです。でも、僕だって気持ちを切り替えてやり直そうと思ったんです。だけど、必死に再就職先を探したんですが、なかなか見つからなくて……。それで、もう、疲れてしまって……」

「……あんた、結婚は？　嫁さんは支えてくれなかったのか？」

「言えませんよ。いつも僕の帰りを屈託のない笑顔で迎えてくれる妻に、会社をクビになったなんて……。自分の不幸な境遇に絶望したというより、僕は悲しむ妻の顔を見るのが怖かったのかもしれません……」

林の闇の中に消え入りそうなほど、暗く沈む男を見て、幽霊はまたしばらく黙っていた。しかし、そのうちにポツリと言った。

「お前と俺が出会ったのは、お釈迦様のお導きかもしれねぇな」

言葉の意味をはかりかねて、男が顔を上げる。顔が半分つぶれていても、幽霊が寂し気に微笑んでいるのがわかる。

「俺も、お前と同じさ。俺は、この先の崖から飛び降りたんだけどな……」

男は、驚いて幽霊を見つめた。

「俺にも妻がいてよ、俺が死ねば保険金も入るし、こんな情けない男と一緒にいないほうが妻のためになるとか、そんなことを思って、飛び降りちまったんだが……」

自嘲気味に笑う幽霊の声が、低く沈んだ。

「妻がずっと泣いてんだよ。俺が死んでから毎日毎日。幽霊になって、家に様子を見に行くとよ、肩を震わせて泣いてるんだ。人前では気丈にふるまったりしていても、一人の時には……。慰めようにも、触れることもできねぇし、声だって届かない。なぁ、あんた。さっき『悲しむ妻の顔を見たくなかった』って言ったよな。あんたが死んで、嫁さんがどれだけ悲しむか、考えなかったのか？　自分が見なくてすむだけで、嫁さんはその後の人生をずっと悲しい顔をして生きていくことになるんだぜ。嫁さん、きっと自分を責め続けるだろうよ。嫁さんがそんなことになってもいいってわけじゃねぇだろ？」

その言葉を聞いて、男は頭を抱え、やがて、目にいっぱいの涙を浮かべた。今になって、自分のしたことへの後悔が押し寄せてきたのだ。

「……お前がクビになったことを嫁さんに話せなかったのは、情けない自分を見せたくなかったってのもあるだろうが、心配かけたくなかったからだろ？　それで死を選ぶなんて、本末転倒だ。お前、混乱してるんだよ。嫁さんに全部話して、冷静に今後のことを考えなよ」

「そんなこと言ったって、もう声は届かないじゃないですか……」

嗚咽《おえつ》の混じった声で、男が言う。

「そうか？　俺はまだ間に合うと思うがな」

幽霊が笑って、さっとその場から動いた。

男は目を見開いて、幽霊がいた場所の地面を見た。

そこには、折れた木の枝と、結ばれた縄が落ちていた。

男が首を吊るのに使ったものだ。枝が途中で折れて、下に落ちたらしい。

男は声も出せず、ゆっくりと状況を呑み込んでいく。

――ということは、まさか、僕の首吊りは成功せず、途中で……。

「いいかい、お前には、お前の帰りを待っていてくれる人がいる。何を失ったって、それだけありゃあ生きる理由には十分なのさ。……おや、誰かがお前のために、助けを呼んでくれたんじゃねぇか？」

遠くから、救急車のサイレンの音が聞こえてくる。音のほうへ目を向けた男が顔を戻すと、もうそこに幽霊の姿はなかった。

男は少し呆然としていたが、やがてゆっくり立ち上がった。

――僕は、まだ生きているんだ……。

自分は、なんと愚かなことをしようとしたのだろう。プロジェクトの失敗など比べ物にならない、本当に取り返しのつかない過ちを犯すところだった。

あの幽霊はきっと、男が自分と同じ間違いをしないよう教えるために、現れてくれたのだ。

帰りを待つ妻の顔が浮かんだ。

――もう、決して間違わない。

男は、地面を踏みしめて歩き始めた。

「がんばれよ」

ふと、あの幽霊の声が聞こえた気がした。

振り返っても、そこには暗闇があるばかり。

サイレンの音のほうへ再び踏み出し、やがて男の姿は見えなくなった。

男がいなくなった林の暗闇は、ふたたびしんと静寂を取り戻した。

そこに突然、ピリリリ！　耳障《みみざわ》りな音が鳴り響く。

木の陰から、あわてたようにあの幽霊が現れた。先ほどまで男がいた、少し開けた木々の隙間に出て懐を探る。幽霊が取り出したのは着信して光るスマホだった。

「あんた！　どこで何やってんの!?　『今度の舞台の役作り』だなんだ言って、こんな夜中に幽霊の格好して飛び出して……。え？　幽霊の出そうな林の中？　そんなとこにいたって、幽霊の気持ちがわかるわけないだろ!?　まったく誰かに見られて通報でもされたらどうすんだいっ！　さっさと帰ってきなっ！」

幽霊――の格好をした、さえない役者の男。次に演じる幽霊役の参考になればとやってきた林の中で、思いがけぬ人助けをした。彼は散々怒鳴られて妻との通話を終えると、ため息交じりにつぶやいた。

「やれやれ、帰りを待っていてくれる人がいるってのは、本当にいいもんだな……」


（作　森久人）

「信頼」の位置情報

　彼氏から突きつけられたスマホの画面には、街中を歩く璃音《りおん》自身が映っていた。隣に映っているのは、先週末、一緒に出かけた大学のテニスサークル仲間の男子だ。

「璃音、コイツとどういう関係？　浮気してんの？」

　スマホを突きつけてくる彼氏の表情も、声のテンションも、完全に「本気」だ。

「本気」で璃音を疑って、その疑心暗鬼がすでに怒りに変わっている。

「はぁ!?」と、自分でも驚くほどすっとんきょうな声が、璃音の口から飛び出した。

「いやいや、よく見てよ！　一緒に映ってるの、同じ専攻の沼田《ぬまた》くんじゃん！　テニスサークルでも一緒だから、そのときにちょっと相談されて一緒に買い物してただけで、浮気なわけないでしょ！　もー、なんで休みの朝から、こんな説明しないといけないの？」

「説明を嫌がるって、やっぱ浮気ってことなんじゃないの？　いくら相手が沼田でも、二人で買い物に行くなんて、俺的には、グレーゾーンなんだけど」

険《けわ》しく眉を吊り上げた彼氏——長澤大地《ながさわだいち》が迫ってくる。「はぁ……」と璃音はため息をついた。

「今度の土曜は、朝からデートしよう。俺が璃音の家に迎えに行くよ」と言われておとなしく家で待っていたら、まさか、こんなことになるなんて……。頭にまとわりつき始めた疲労感を振り払うように、璃音は髪をかき上げた。なんとか誤解を解かないといけない。

「たしかに、先週の日曜日に二人で買い物に行ったけど、それは沼田くんから頼まれたからだよ。それより、なんで隠し撮りしてんのよ……」

「『頼まれた』って、何を？」

「それは、沼田くんのプライバシーにも関わることだから、あたしの口からは……」

「言えないってことは、やっぱ、やましいことがあるんじゃないの？」

「なんでそうなるの⁉ 沼田くんの許可をもらってないから、あたしが勝手に話すことはできないって言ってるの！ 大地だって、あたしが大地のプライベートなことを外でペラペラ話してたら嫌でしょ？ それが大地のコンプレックスに関係することだったりしたら、よけいに」

璃音がそう言うと、大地は少しむっとしながらも、黙りこんだ。わかってくれたか？　と璃音が思った直後、グズつく子どものように大地が上半身を揺らした。

「俺のコンプレックスって何だよ!?　それに、隠し撮りとか！　話をずらすなよ。休みの日に恋人に黙って男と二人で出かけたら、疑われてもしょうがないだろ？」

「だから、ほんとに買い物に付き合ってただけだってば！　あたし、沼田くんのことはただの友だちとしか思ってないから。そんな相手と出かけて、なんで浮気になるのよ。女友だちと会うのと一緒！　だからわざわざ報告もしなかった!!　実際この日も、買い物に付き合って、そのお礼にファミレスでお昼ごはんごちそうになっただけ」

「待って待って、二人でランチを食べたの？　それもう、完全にアウトじゃん！」

大地がヒステリックな声を上げる。よけいなことを言ったか……と、璃音は内心で舌打ちしたい気分になった。しかし、大地があとあと、「二人で食事していた」と知ったほうが面倒なことになったはずだ。

「食事は、買い物に付き合った『お礼』！　あたしにも沼田くんにも、やましい気持ちなんてないよ。あたしに彼氏がいることを沼田くんは知ってるし、沼田くんにも彼女がいるの」

「それ、ダブル浮気ってだけだろ？」

「なんで、そうなるのよ！　浮気っていうのは、気持ちがほかの人に移ることでしょ？　彼氏と一緒にいても別の男の子のことを考えちゃうとか、メッセージじゃ物足りなくて声を聞きたくなっちゃうとか、そんなふうに気持ちが浮わついたら『浮気』だけど、二人で出かけるくらい、友だちならするよ。出かけたときに、手をつないだり、腕を組んだり……そういう親密なボディタッチがあったわけでもない。あたしと沼田くんは、そんな関係じゃないから！」

「でも俺は、たとえ目的がただの買い物でも、璃音以外の女子と二人で出かけようなんて思わないよ。璃音が誤解して不安になったり、嫌がるかもって思うから。付き合ってる人が嫌な思いをしないようにしようって考えるのが、『ふつう』じゃないの？」

璃音は言葉に詰まった。たしかに、「相手が嫌な思いをしないようにしよう」という大地の考えは正しいように思える。そういう意味では、自分は大地の気持ちに対して無神経な部分があったのかもしれない。でも、だからといって「浮気だ！」と決めつけられるのは、まったく納得がいかない。

「大地の気持ちを想像しなかったことに関しては、ごめん。あたしの考えが浅かった。でも、絶対に『浮気』じゃないってことは信じてほしい！　なんなら、沼田くんに聞く？」

「俺をだますために二人で口裏を合わせる可能性があるし、確実じゃないよね。俺が『メッセージのやり取りを見せて』って言ったところで、とっくに消去されてたりしたら、なんの証拠にもならないしさ」

あんまりな言い草に、璃音は軽い頭痛を覚えた。「口裏を合わせる」だの「証拠にならない」だの、まるで犯罪者扱いだ。

——ただ、大学の男友だちと会っていただけで、ここまで言われなきゃならないの？　同じサークルの仲間が困っていたから助けてあげただけで、うしろめたいことなんて本当に何もないのに？　誰かと会うだけでも「浮気」なら、あたしはいちいち、「この人とは正式な友だちである」っていう証拠をもって、大地から「友だちと遊びにいく許可」をもらわないといけないってこと？　それとも、「異性は友だちじゃないんだから一緒に出かけるな」って言いたいの？　それって、あたしを信じてくれてないってことじゃないの？　そもそも「ダブル浮気」って、なに？　あたしの大事な友だちまで疑うの？

百万個の疑問が、璃音の脳内を無重力状態で浮遊する。

「『浮気』ってどこから？」というのは、よく耳にする話題ではある。璃音は、「手をつなぐ」「キスをする」「恋人以外の相手に『好き』と伝える」のは、完全にアウトだと思っている。「二人で出かける」のは、理由によってアウトかセーフかが分かれるだろうが、まったく恋心がない相手に、アウトもセーフもない、とも思っている。サークル仲間の沼田と出かけたのは、本当に「買い物に付き合うため」だった。これが、「あなたのことが気になっているので、ダメもとでいいからデートしてください」とか、「二人っきりでプールに行かない？」という誘いだったら、即刻断っていた。つまりは、「雰囲気」や「下心の有無」の問題だ。しかし、大地の主張では、「雰囲気や理由はなんであれアウト！　二人で出かける時点でアウト!!」ということらしい。

こんなことになるなら、「浮気」のボーダーラインについて、あらかじめ大地と話し合っておけばよかった……。そう思ったが、もう遅い。だんだんと、弁明するのも面倒になってきたが、「浮気をした」というレッテルを貼られることだけは、断じて許したくない。

「あたしのことを信じて、としか言えないよ……」

ため息まじりに、力なく璃音がつぶやくと、ふと、張りつめっぱなしだった大地の気配がゆるんだ。

「…………本当に、浮気じゃないの？」

探るような声で、そう尋ねてくる。ここで必死になっては逆に怪しまれるかも、と、璃音は「浮気なわけないでしょ」と、相手を刺激しないよう静かな声で、でもハッキリと口にした。

しばらく黙りこんで璃音を凝視していた大地だったが、何か思うところがあったのか、やがて「わかった」と小さく声をこぼした。

「今回は、璃音の言うことを信じる」

すかさず「ありがとう」と言おうとした璃音を先回りするかのように、「でも！」と大地が右手の人差し指を立てて、璃音の鼻先に突き出した。

「信じるかわりに、一つだけ条件があるんだ」

「条件？」

テーブルの上に伏せてあった自分のスマホを手に取った大地が、何やら操作を始める。それから画面を──先ほど、璃音と沼田のツーショットを突きつけたときのように──ふたたび璃音に差し出した。

そこに表示されていたのは、とあるアプリのダウンロード画面だった。

「この位置情報共有アプリを、璃音のスマホにも入れて。そうすれば、お互い、どこにいるかがわかるから」

――おぉ、そうきたか……。

顔が絶妙にひきつるのを、璃音は自覚した。

位置情報共有アプリを使っている友人は、璃音のまわりにもいる。

「友だち何人かとアプリで位置情報を共有しておくと、ヒマなときとかに、近くに友だちがいれば、『合流して一緒に遊ぼう！』って誘えるから、便利だよ。あと、わたしって方向音痴だから、待ち合わせ場所がわからなくなったときなんかも、わたしの位置情報を見て友だちが迎えに来てくれたりして、めっちゃ助かるんだよねー」

「ウチは一番下の弟がまだ小学生だから、家族で位置情報共有してるよ。弟がちゃんと通学路を歩いているかとか、無事に目的地に着いたかとか確認できるから安心だって、お母さんがね。あと、もし災害が起こった場合に、家族の居場所を確認できるっていう意味でも便利かなって」

なかには、恋人と位置情報を共有している友人たちもいる。「好きだから、常にどこにいるか知っておきたい」というタイプから、「ぶっちゃけ、浮気対策だね」という意見まで、使用目的は人それぞれだ。

なるほどそんな使い道が、と納得はしたものの、璃音自身は「必要ない」と考えていた。大地のことは好きだが、「常に居場所を把握《はあく》しておきたい」とまでは思わないし、逆に、自分がそれをされるのは、監視されているみたいで息苦しいと感じる。信頼関係さえ築けていれば、「相手を束縛する必要も、浮気を疑う理由もない」と思っていたのだが、どうやら、その考えは、大地とは「共有」できていなかったらしい。

「このアプリさえ入れてくれれば、俺は璃音が浮気してるわけじゃないって、安心できると思う。やましいことがないなら、べつに居場所が知られても問題ないだろ？アプリを入れられない理由もないと思うけど」

いや、気持ちの問題で抵抗があるんだけど——というのが理由ではあるが、おそらく、「璃音の気持ち」を主張しようとすると、今度は「大地の気持ち」がないがしろにされるということなんだろうと思い至る。物理的に見えないもの、気持ちが「理由」になると、考えをすり合わせるのが、こんなにも難しいのだ。

ただ今回、大地を不安にさせてしまったのは事実だ。大地が嫌がると知っていれば、「大地以外の男子と二人きりでは出かけない」という選択をすることはできた。好きな人のことを一番に考えるなら、むしろそうするべきだったのかもしれない。少なくとも、誤解を招く事態は避けられただろう。

「……わかった。そのアプリ、スマホに入れる」

結局、「自分の軽率さが招いた行き違いだった」という事実を重く受け止め、璃音は大地の提案をのむことにした。しかし、これからずっと大地の監視下に置かれるような感覚はどうしても受け入れがたく、「まずは三ヵ月だけ試してみて、この先もアプリを使い続けるべきかどうか、もう一度話し合おう」と説得し、大地もしぶしぶそれに同意した。

「どこからが浮気で、どこまでがセーフか？」なんてありがちなテーマに、自分が苦しめられることになるなんて……。そんなことを考えながら、璃音は大地の言うとおりに位置情報共有アプリをインストールした。

それからというもの、璃音は大地に疑われるようなことはすまいと、目立った行動はひかえた。大学の講義やアルバイトがある日の移動は、家と大学、バイト先を行き来する範囲内に収まるよう、寄り道はしないことにした。たまに、完全フリーな休日に友人と出かける場合は、あらかじめ大地に伝えるようにした。もちろん、相手は女子だ。

その女友だちと買い物を楽しんだあと、カフェでお茶をしているときに、大地が「よっ」と現れたことがあった。最初は「なんで!?」と思ったが、「そっか、アプリで位置情報がわかるからか」と、すぐに気づく。

璃音の友人に対して、「はじめまして、璃音の彼氏の長澤大地です」と堂々と名乗る大地を見て、少し嬉しい気持ちになったのは事実だ。「友だちに会ってくれる」というのは、付き合う過程でかなり重要なポイントである。あとから友人に、「璃音の彼氏、優しいね。ちゃんと自分の口からまわりの人たちに『彼氏です』って言ってもらえると、真剣に付き合ってくれてるんだなって、安心するよね」と言われたときは、かなり気持ちがよかった。

でも、同時に正反対のことも考えてしまう。友人と一緒にいるところに大地が現れたのは、位置情報共有アプリで璃音の居場所を確認したからにほかならない。事前に「女の子と会う」とは伝えてあったが、それが本当なのかを抜き打ち検査するために現れたのでは？　と、璃音は考えてしまう。一方、「自分は、付き合っている相手を監視するようなことをしたくない」という理由で、璃音自身がアプリを開くことは、ほとんどなかった。

――アプリを入れてから二ヵ月くらい経つけど、やっぱりあたし、まだ疑われてるのかな。あたしの軽はずみな行動が大地を不安にさせたんだとしても、やっぱり、こんなふうに四六時中見張られて試されるみたいな状況は、とてもストレスがたまる。

そんなことを考えていたせいか、サークル活動にも身が入らない。それを、ある人物に見抜かれた。

「川越《かわごえ》さん、今日、なんか調子悪そうだね」

そう言って近づいてきたのは、近くのコートで練習していた、サークル仲間の沼田だった。二人で出かけたことで、大地にあらぬ疑いをかけられてしまった友人である。しかし、それを沼田にグチるのはお門違《かどちが》いだ。沼田と二人で出かけると決めて行動したのは璃音なのだから、純粋な「お願い」をしてきただけの沼田に責任はない。

「まぁ……ちょっと彼氏とビミョーな感じになっちゃってて、ね」

結局はそんなふうに言葉を濁すと、沼田は何かに気づいた表情になった。

「川越さんの彼氏って、長澤くんだっけ？」

「そうそう」

「じつは僕、長澤くんに――」

そのあとに続いた沼田の話に、璃音は妙な引っかかりを覚えた。

シアターを出る大地の足どりは軽く、まだ興奮が冷めきっていないのが明らかだ。話題の長編アニメーション映画は、大地が期待していた以上におもしろかった。

「映像もきれいだったし、クライマックスの迫力もすごかった！　やっぱりテレビドラマ版とは、かけてる予算が違うのかなー。俺的には、今期一番の大当たりだよ」

「続編も楽しみだよね！」と、隣からテンション高めの声が返ってくる。大地は「だな」と応じながら、頭の中では次にどうするかを考え始めていた。すぐに解散するのは惜しいので、無難に「どっかでお茶でも飲みながら、映画の感想戦でもする？」と誘うか、「俺まだ時間あるし、どこか行きたいとこある？」と相手の希望を聞くのがいいか、さてどっちにしようか——と思ったところで、思考が急停止した。

「映画、そんなにおもしろかった？」

劇場の出入口で腕を組んで立っていたのは、大地の彼女である璃音だった。

「璃音っ……！　なんでここにっ!?」

激しく動揺する大地に、璃音が凍てついた表情と無言で答える。その間に、大地はスマホを引っぱり出して、位置情報共有アプリを立ち上げた。

「璃音、今日は朝から夕方までサークルの集まりで大学にいるって……！　璃音の位置情報は『大学』になってるのに……」

「だろうね。あたしのスマホ、電源を入れたまま大学の更衣室に置いてきたから。大地の位置情報が映画館になったのを見て、突撃するなら今がチャンスって思って、途中で抜けてきたの。映画だったら、二時間くらいはその場所から動かないでしょ？

でもまさか、こんなにうまく現場を押さえられるなんてね」

「『現場』って……」

うわごとのようにつぶやく大地を、キッと璃音はにらみつける。ここで会ったが百年目――もとい、「三ヵ月目」の反撃だ。

「あたし、ちょっと前から疑ってたんだ。大地があたしに位置情報共有アプリを使うように言ってきたのは、あたしの浮気を防止するためなんかじゃない。『あたしの居場所』を把握することで、自分がほかの子とデートしてる最中に、あたしとバッタリ遭遇するのを避けるためだったんでしょ？」

じり、と大地の足が後方に下がる。無意識の行動かもしれなかったが、それはもう、璃音の言葉を事実と認めたようなものだった。万事休すの体勢になった大地のうしろでは、小柄な女子が表情を強張《こわば》らせている。その女子から、璃音はふたたび大地に視線を戻した。

「最初は本当に、あたしが沼田くんと二人きりで出かけたことでナーバスになって、位置情報共有アプリを使うなんて言いだしたんだと思った。あたしも、大地のこと傷つけちゃったなって思ったからOKした。でも、沼田くんから『ある話』を聞いて、おかしいなって思ったの」

「沼田から……？」

「沼田くんに許可をもらったから、全部話すね。そもそもあたしが沼田くんと二人で買い物に出かけたのって、沼田くんから、『付き合い始めて六ヵ月の記念日に、彼女にプレゼントをしたいんだけど、何を選んだらいいのかわからないからアドバイスしてほしい』って頼まれたからなの。沼田くんの彼女って、あたしの高校のときの親友なんだ。まぁ、同じ大学には入ったけど、専攻が違うから、なんとなく話す機会は減っちゃってたんだけど。でも沼田くんは、『彼女と親友だった川越さんに聞くのが一番かなって思って』って、あたしに相談してくれたんだよね」

「そ、それの何が――」

「おかしいんだよ」

苦しまぎれの大地の言葉を、璃音はズバッと叩き切る。

「あたしと沼田くんの彼女が高校で親友だったことを知ってる人って、ほとんどいないから。そもそも、同じ高校から進学してきた人たちが、ほとんどいないし。それに、大学に来てから知り合った男子の中じゃ――大地、あなたくらいにしか話してない。さらにね、沼田くんは、あたしにこう教えてくれたの」

――じつは僕、長澤くんに教えてもらったんだよね。「俺の彼女の璃音は、沼田の彼女と高校で親友だった。だから璃音なら、沼田の彼女の好みも知ってるはずだよ。璃音に相談して、買い物にも付き合ってもらえばいいんじゃない？」って。だから、川越さんに相談しようって決めたんだ。

大地が真っ青な顔を震わせる。それが大地の、追いつめられたときのクセであることを、璃音は知っていた。まったく、二人して、ツメが甘いから、こういうことになるのだ。

「つまり大地は、自分の浮気をあたしに見つからないようにするために、位置情報共有アプリをあたしのスマホに入れさせたかった。ネコの首に鈴をつけたかったんだよね？　でも、なんの理由もないのに、急に『アプリを入れてほしい』なんて言ったら怪しまれると思って、まずはあたしが、浮気っぽい行動を起こすように仕向けた。それが、沼田くんにアドバイスするふうを装って、彼とあたしを二人で出かけさせることだった。これで、あたしが大地以外の男の子とデートしたっていう既成事実の完成。仕上げに、その様子を隠し撮りしてあたしに突きつければ、『不安だからアプリを入れてくれ』って頼みやすくなる。あたしも罪悪感から、受け入れざるを得なくなるしね。そういう計画だったんでしょ？」

そこまで言ってから、視線を大地から、大地のうしろで小さくなっている女子に向ける。女子はびくりと肩をすくませて、璃音から目をそらした。その様子を見て、はぁ……と璃音はため息をつく。

「あんたもさぁ、浮気相手がこんなバカでいいの？　絶対に、沼田くんのほうがいいと思うよ。でも、このこと知ったら沼田くんは、どう思うのかな？　ねぇ、あたしの元親友さん？」

大地のうしろで終始小さくなっていた小柄な女子が、さっと表情をなくした。それは沼田の彼女であり、璃音の高校時代の親友でもある女子だった。

同じ大学に入学したものの、専攻もサークルも違ったため、なんとなく疎遠になったという先ほどの璃音の説明は、半分正解で、半分ウソだ。より正確には、「親友が、遊び半分でひとの彼氏に手を出すタイプだとわかったから、不信感を抱いて距離を置くようになった」のだ。大学で出会った沼田と付き合い始めて、その悪いクセが直ったのならそれもよし……と思っていたが、そう簡単に人の本性は変わらないらしい。

「二人とも、お互いに好きなら、ちゃんとあたしたちと別れてから、正々堂々と付き合えばいいじゃん。スリルを楽しんでたつもりかもしんないけど、失うものの大きさも、他人を傷つけることの罪深さもわからない程度の貧弱なオツムなら、最初から浮気なんかすんな！　とにかく、今この場で、あんたたちとは絶交するから！　沼田くんにも、きっちり報告させてもらう」

璃音がそう告げて踵《きびす》を返すと、背後から「待って！　やめて、璃音ちゃん！」と、甲高い女の声が追いすがってきた。沼田の彼女である元親友は、こんなことになっても、沼田という「本命」をあきらめきれないのだろう。大地も、自分が「スリルを楽しむ仲間」にされていたことにも気づかないまま、恋人を失うことになるのだ。大地と璃音、元親友と沼田の関係が壊れて、双方の「浮気者」どうしがくっついたところで、ハッピーエンドになんかなるはずはない。

元親友の声にも、元カレの声にも振り返らずに、璃音は映画館を出た。

「早くサークルに戻らなきゃ！」

早く戻って、スマホから位置情報共有アプリをアンインストールしなければ。それでようやく、自由を取り戻せる。

伸びをして、アップがてらに走って戻ろうと、大学への道を駆け出す。

早くラケットを握って、思いきりボールをコートに叩きつけたい気分だった。

（作　桃戸ハル、橘つばさ）

わたしが作家になった理由

「前にも言ったと思うんだけど、さくらさんの書く物語は、子どもに寄り添ってないんですよ。児童文学なのに」

原稿の束をばさりとテーブルに置いた編集者が、どこか疲れたような口調で言う。

「さくら」こと、沢咲良《さわさくら》は、ひざの上にそろえていた手でギュッとスカートを握りしめた。

本名をもじった「さくらさわ」というペンネームで彼女が小説を書きはじめて、八年が経つ。といっても、数冊本を出しただけで、そのどれも売れもしなければ、話題になることもなかった。その後も、地道に出版社に原稿を持ち込んだりしてはいるものの、いっこうに、「これを出版しましょう!」という反応は得られない。

児童書に強いこの出版社への持ち込みも、十回を超えたあたりから回数を数えるのをやめた。対応してくれる編集者は、厳しいことを言うのが仕事だと考える主義なのか、原稿に目を通し、会ってはくれるものの、咲良に笑顔を見せてくれたことはない。

編集者は、渋い表情のまま、咲良が書いた原稿の束を指でトントンと叩いた。

「子どもを描いてほしいんです。さくらさんの書く子どもって、『子どもという設定』なだけで『子ども』じゃないんですよ。子どもって、本当にこんなことを考えますか？　思春期特有の心の特徴が描けてますか？　さくらさん、実際に子どもに接してますか？」

「え？　あぁ、えっと……」

「大人と子どもは、そもそも物事の見え方や捉《とら》え方というか、感性が違いますよね。子どもを描いているつもりで、大人を描いてしまってませんか？　作家は『想像』で世界観や人物を作るものだけど、想像できないなら、実際に接してみるしかないんじゃないのかな」

「は、はい……」

すみません……と、うつむいたまま、咲良は消え入りそうな声でつぶやいた。

編集者が言っているのは、つまりは、「おまえは子どもの気持ちがわかっていない」「子どもたちに『おもしろい』と思ってもらえる作品ではない」ということだ。

同じようなことを、今まで何度言われただろう。言われるたびに「もっとうまく書きたい」と思うものの、こうやって、また同じダメ出しをされてしまう。それは「作家」として、致命的な欠点であるように咲良には思えた。

——わたし、作家に向いてないのかな？

突き返された原稿を抱えて、出版社から駅への道を歩きながら、咲良はふと考えた。

——そういえば、わたし、なんで作家になりたかったんだっけ？　子どもに向けた物語を書きたいと思ったのは、どうしてだっけ？

一人で絵本を読むのは好きだった。それから字が多い児童文学を読むようにもなった。そうして読んだ物語にワクワクして、「自分も書いてみたい」と思ったのはたしかだ。でも、それだけじゃなかったはずだ。記憶にモヤがかかっているようで思い出せないが、もうひとつ何か理由があった気がする。

何か理由があって、高校に入ったころから書きはじめて、大学に通いながらも書いて、卒業後は派遣社員として働きながら書いて……それでも、まだあのころに夢見た自分にはなれていない。

——わたし、本当に作家になりたかったのかな？

ざわつく胸を押さえて、今まであえて向き合ってこなかった、自分の本音と向かい合う。

不器用な性格だから、途中で別の道を選択することができなかっただけではないか。ほかに目標が見つけられなかっただけの「消去法」なんじゃないのか。

子どもたちに笑顔になってもらいたい。ワクワクしてほしい。そんな想いはとっくに消えている。何より、小説を書いていても、自分がワクワクしていないし、笑顔にもなっていない。

「わたし、書く資格ないのかな……。もう、やめたほうがいいのかな……」

そうつぶやきながら、気づけば、家へ帰るのとは反対方向の電車に乗っていた。たくさんの人の夢が集まる都会から逃げるように、咲良は下り電車の揺れに身を任せた。車窓の外は、今の気分におあつらえむきの曇り空。重たい空は、逃げ出した咲良を責めるようでもあり、こっちへおいでと誘うようでもある。

いったい、どれだけ乗っていただろう。自分はどこに行きたいのか、それすらもわからないまま、ただ曇天に導かれるまま電車に揺られていた咲良だったが、「次は〇〇駅、この電車の終点です」という車内アナウンスを聞いて、ハッとした。

降りた駅は、なつかしい場所だった。咲良が小学校中学年くらいまで家族で暮らした町だ。両親の仕事の都合で都会へ引っ越して以来、都会から乗り換えなしで来られる場所なのに、まったく足を運んでいなかった。今日、無自覚に足が向いたのは、本が好きだった子どものころを思い出していたからかもしれない。

駅を出た咲良は、およそ十年ぶりに訪れた故郷を、ぶらぶらと歩いて回った。

作家になることを夢見た初心にかえることで、執筆の情熱を取り戻したかったのかもしれないし、子ども時代を暮らした町でなら物語のネタが見つかるかもしれないと思ったのかもしれない。あるいは、ただ無邪気でいられた子どものころの空気にひたることで、すべてを忘れてしまいたかったのかもしれない。本当のところは、咲良自身にもわからなかった。

咲良が通っていた小学校は、別の小学校と統合されて学校名が変わっていた。学校前の本屋さんはなくなっていたが、毎年の誕生日ケーキを買ってもらっていたケーキ屋さんは、リニューアルしたのか外装がずいぶん変わっていたものの、店名は記憶にあるままだ。

ひゅお、とふいに冷たい風が吹き下ろしてきて、咲良は立ち止まった。顔を上げると、そこには長く上へと続く古い石段がある。とたんに記憶のふたが開いた。どうやら、ここも変わっていないようだ。毎年、夏祭りが開かれていた神社だ。いや、咲良の中では「夏祭り」ではなく、「本を読んだ場所」として記憶に残っている。

──なんで、こんなところで本を読んでいたんだっけ?

なつかしさからか、あいまいな記憶を取り戻すためか、咲良はその苔むした石段を一段一段上りはじめた。

一段また一段と、足を上へと運ぶたびに、咲良は自分が冷たい空気の塊の中へ歩を進めているような、不思議な感覚に陥《おち》った。夏は過ぎたとはいえ、肌寒さにはまだ遠い季節だ。木々が茂る山間《やまあい》の神社だから、涼しいだけだろうか。そう思っていると、今度はにわかに霧が立ち込めてきた。今朝からどんよりしてはいたが、まさか霧が出るとは。しかも、石段を上るにつれて、霧はどんどん深くなっていく。

引き返したほうがいいかな、と咲良が不安になりはじめたのを見越したように、また、風が吹いた。その風で動いた霧の隙間から、朱塗りの鳥居が姿を現す。それをくぐると、またいっそう、「冷たい空気の塊の中」へ足を踏み入れた心地がした。

「お賽銭《さいせん》だけして、帰ろう……」

財布を取り出しながら、咲良は霧の中を社へ向かって進む。社の前に大きな賽銭箱が見えた——と思ったら、その陰に小さな人影があって、思わず声を上げそうになった。

大きな賽銭箱の裏、社の前側にあるちょっとした階段に、女の子が座っていたのだ。まだ十歳に満たないだろう。霧のせいで気づくのが遅れたために、突然ぬっと現れたように見えた。驚いた咲良の心臓は、いまだ早鐘《はやがね》を打っている。

「お嬢ちゃん、こんなところで何してるの?」

思わず尋ねてから、咲良は、座り込む女の子がひざに本を開いていることに気づいた。当然のように、女の子から返ってきた答えは「本読んでるの」だった。

「こんなところで? おうちに帰らないの?」

「カギを忘れちゃって、お父さんかお母さんが帰ってくるまで家に入れないの」

本からちらりと目を上げた女の子が、淡々と言う。わたしもそうだったな、と咲良はふいになつかしくなった。咲良の両親は共働きで、きょうだいもいない。だからこそ、小さなころは「本が友だち」だったのだ。咲良は、忘れかけていた本との関わりを少し思い出した。

「それ、何読んでるの?」

好奇心から女の子に尋ねると、返ってきたのは、ロングセラーの児童書のタイトルだった。

「わぁ、なつかしい! それ、わたしも子どものころに読んだよ。おもしろいよね。わたしは、主人公の親友が好きだったなぁ」

思わず咲良がそう言うと、女の子が顔を上げ、「カギ忘れちゃって」と言ったときとは別人のように輝く表情を見せた。

「お姉さんも？　あたしも、主人公の親友が一番好きなの！」

女の子の輝く瞳から、「ワクワク」があふれ出す。咲良は神社へのお参りも忘れて、女の子と同じように、社の階段に腰を下ろした。そして、女の子と一緒に、彼女が読んでいる物語のことを語り合った。霧が出ていることも、手が少し冷えることも気にならないくらいに。

話してみると、咲良と女の子の「好きなもの」は、実によく似ていた。女の子が読んでいた物語についての感想も、ほかにどんな本が好きなのかも、驚くほど一致する。

自分とこの子は似ているのかもしれない。そう思ったからか、思わず口にしてしまった。

「わたしも、こんなふうにおもしろい物語を書きたいんだけどな……。でも、なかなか思ったように書けないよ……」

えっ、と女の子が息をのむ。その瞳は、ふたたび好奇心にきらめいていた。

「お姉さん、お話を書くのっ？　どういうお話を書いてるの？」

「えっ？　まぁ、作家の端《はし》くれっていうところかな……。でも、出版社の人に、『ぜんぜんおもしろくない』って言われちゃって……」

「どんなお話なの？」

「教えて教えて！」と、少女は輝く瞳で食い下がってくる。

咲良は「これは、またとない機会かもしれない」と思った。編集者にダメ出しをされ、今もトートバッグの中で所在なげにしている原稿のことを思いながら。

今回書いたのは、ある中学校の「部活もの」だった。

舞台は、過疎が進んだ小さな町にある中学校。廃校になるというウワサが広がり、その中学にある唯一の部である「文化活動部」の部員たちが、「最後に自分たちにできることはないか」と考え、行動を起こすというのがあらすじだ。

「文化活動部って、なに？　本当にある部活なの？」

「ううん、お姉さんが考えた部。活動内容は、いろいろ。全校生徒が少ないから、大人数が必要なサッカー部とか野球部とかは作れなくて、『そのとき思いついたことを、なんでもやります！』みたいな部にして、みんなでまとまっちゃうしかなかった、っていう設定で」

「もっとおもしろい部活のほうがいいんじゃない？　『文化活動』って、ぜんぜんおもしろそうじゃないし、何やるのかもわかんないし、あたしがその学校の生徒なら、たぶん入らないと思う。もっと、おもいっきりヘンな部活にしてみたら？　それで、その部活は町のみんなが知ってるくらい有名なの！」

お、と咲良は唇を開いた。かなりざっくりした意見ではあるが、女の子の言っていることは、あながち的外《まとはず》れでもないように思えたからだ。

――「町のみんなが知ってるくらい有名な」部活。それはちょっと、おもしろくなるかも。

「もう一度、考えてみようかな……」

気づけば、咲良はそうつぶやいていた。

「小説、ちょっと行き詰まってたんだけど、書き直してみようかな。今よりおもしろく書けそうな気がする」

「ほんと？　じゃあ、今度あたしにも読ませて！　お姉さんの書く小説、読んでみたい！」

――わたしの小説を楽しみにしてくれる子どもがいる。

そのことが、咲良には何より嬉しかった。

作品を読んだ編集者が口にするのは、欠点や短所ばかり。過去に出した作品も、読者ハガキは一枚もこなかったらしいし、オンライン書店のレビューもついていない。

心のどこかで、「自分は作家に向いていないのかも」「もうあきらめるべきかもしれない」と思いはじめていた。それでも未練がましく作品を書いて、またダメ出しされて落ちこんで……。

――これを最後のチャンスにしよう。この子に「おもしろい」って思ってもらえる小説が書けなかったら、そのときは潔く、あきらめよう。わたしとよく似たこの子に「おもしろくない」って言われたら、納得してあきらめられる気がする。

「わかった。それじゃあ、書いて持ってくるから、読んでくれる？」

咲良が尋ねると、女の子は「うん！」と弾《はず》む声を出してうなずいた。その笑顔を見ているだけで、今度こそ、書けそうな気がしてきた。

女の子とは、「また来週の同じ時間に、同じ場所で会おう」と約束して、咲良は家に帰った。それからは、昼夜を問わず小説のことを考えた。昼間は派遣社員として働き、夜は部屋にこもって執筆をする。物語は初期設定から組み直しだ。

ゼロからの再スタートだが、憂鬱《ゆううつ》さはない。あの子に「おもしろい」と言ってもらいたい。輝く笑顔を見せてほしい。その一心で、咲良は物語の再構築を続けた。

約束の日までに書けたのは、小説の冒頭部分だけだった。その冒頭部分をプリントアウトしてトートバッグに入れ、咲良は、あの神社へ向かった。

あの子は本当にいるんだろうか。約束なんか忘れて、友だちと遊んでいるかもしれない。そんなふうに半信半疑で神社の石段を上った咲良は、はたして、一週間前と同じように、同じ場所で本を読んでいる女の子の姿を見つけた。

「あっ、さくらお姉ちゃん！　遅いよ、もー！」

女の子が無邪気に頬を膨らませる。しっかり、名前も覚えてくれていたらしい。せっつかれるままに、咲良は持ってきた小説の冒頭部分を女の子に渡した。

コピー用紙にプリントしただけの――「本」の形になっていない物語を、女の子は社の階段に腰かけたまま、黙々と読んだ。ときどき、「これ、どういう意味？」と聞かれ、それに答える。そんな女の子の質問すら、作品づくりの糧《かて》になると思った。女の子が読んでいる間、咲良は自分でも驚くくらい緊張していた。それこそ、編集者の言葉を待つ時間よりも――。それほど長くはない冒頭部分だけだが、女の子は、どんな感想を抱くだろう。

――「おもしろくない」って言われたら、そのときは……そのときは、わたし……。

「おもしろい！」

読み終わるなり、女の子はそう声を上げた。突然の大きな声に面食らう咲良を、女の子がじっと見つめてくる。その瞳は、以前見たときと同じように、好奇心できらめいていた。

『文化活動部』じゃなくて、『占い部』にしたんだね。わかりやすいし、あんまりふつうの学校にないと思うから、いいと思う！　いろいろな人の悩みを聞いて、占ってあげるんだね？」

「そう！　そう思って、『占い部』にしたの。『占い部』は、友だちだけじゃなくて、学校の先生とか、町の人たちの悩みや事件を解決しちゃうの。占い師って、いろいろな人の話を聞くから、それぞれの話がつながって真実が見えてくるの！」

咲良が話す間も、女の子は咲良から目を離さなかった。「うわぁ……」と、やがてその小さな唇から、感動したようなつぶやきがこぼれ落ちる。

「それ、すっごくおもしろそう！『占い部』！　あたしのお友だちも、みんな占いが好きだから、きっと、『占い部』に入りたいってなると思う。ねえ、さくらお姉ちゃん！　あたしこれ、早く続き読みたい！」

「ほんと？　じゃあ、続きを書いたらまた持ってこようかな……。読んでくれる？」

返ってきたのは「うんっ！」という、以前より明るくて軽やかな声だった。

この子のために書いてみよう。咲良がそう決心できるだけの、心強い返事だった。

それから、咲良は、たった一人の読者のために毎週のように同じ神社に通った。書けた部分を女の子に読んでもらって感想を聞き、「この先は、こうしようと思っている」というアイデアを話す。女の子は「すごくいい！」とか、「あたし、こっちのほうが好き」とか、率直な意見をくれた。

「おもしろい」だけでなく、「あたしだったら、こう思う」という建設的な意見が、咲良にはありがたかった。編集者に「子どもの気持ちがわかっていない」と言われてしまった以上、子どもの意見や感性にはもっと耳をかたむけ、目をこらさなければならない。

その結果、「おもしろい！」「早く続きが読みたい」と言ってもらえたときは、体の奥がぞくぞくするくらい嬉しかった。

――わたしやっぱり、まだ書いていたい。

本心から、そう思えた。

「……なるほど、ありがとう！　じゃあ、そんな感じで続きも書いてみるね。そろそろクライマックスだから、気合い入れなきゃ」

「主人公の親友が大活躍でしょ？　あたし、その子が一番好きだから、すごく楽しみ！」

遠くのほうで鐘が鳴る。それを聞いたら「読書会は終了」というのがなんとなく決まりになっていたので、咲良は社の階段から腰を上げた。「じゃあまた来週」と手を振り合って、いつも咲良が先に石段を下る。女の子はもう少し、ここで本を読んでから帰っているらしい。

そして、それが女の子と会う最後になってしまった。翌週、女の子は神社に来なかった。「何か用事ができたのかもしれない」と思い、それからも毎週のように神社に通い続けたが、女の子は二度と姿を現すことはなかった。

——あの子は、いったい何者だったんだろう。

それは、会うたびに思って、聞けずにいたことだった。もっとも、「あなたはいったい何者?」なんて尋ねたところで、子どもはきょとんとするだけだろう。

自分と趣味嗜好がよく似た女の子。幼いころの咲良と同じで、両親は共働き。だから本を読んでいる時間が長くて、物語が大好きになった。

咲良は、自分が作家になりたいと思ったきっかけを、はっきりと思い出していた。小さいころに、誰かが、自分で書いたいろいろな物語を読ませてくれたのだ。その物語の内容は忘れてしまった。でも、その物語を読ませてくれた女の人の輝くような瞳にひかれて、咲良は作家になりたいと思ったのだ。

今日はまた一段と霧が濃い。踏み外さないよう慎重に長い石段を下り終えた咲良は、ふと、小高い神社を振り仰いだ。石段の先は、濃霧にのまれるようにして消えていた。

＊　＊　＊

――ずいぶんと、時間が経ったような気がする。でも、わたしはとうとう、この場所に立つことができた。

「それでは、さくら先生から受賞の言葉をちょうだいしたいと思います。先生、どうぞご登壇ください」

あたたかな拍手に、会場が包まれる。わたしは胸の奥にこそばゆさを感じながら、――今日のために用意したドレスのすそを踏んづけて転ばないよう慎重に――壇上への階段を上る。そういえば、ふるさとにある神社への長い石段をよく上っては、物語の世界に没頭していたっけ。

あの日々があったから、今日という日があるんだと思う。

「さくら先生。あらためまして、第三十三回ポラリス児童文学賞〈大賞〉受賞、おめでとうございます。今の率直なお気持ちを、お聞かせいただけますか？」

「はい。まずは、すばらしい賞をいただき、ありがとうございます。児童文学作家として多くの方に認めてもらうという、子どものころからの夢を叶《かな》えることができて、心から嬉しく思います」

「子どものころから、児童文学作家を目指してこられたんですね。どういったことがきっかけだったのでしょう」

司会者の質問に、わたしはすらすらと答えた。

「子どものころから本を読むことは好きだったんですが、わたしが作家を志したのは、故郷での、ある不思議な出来事がきっかけです。わたしの生まれ故郷は小さな町で、古い神社があります。わたしは、そこでよく本を読んでいたんですが、濃い霧が立ち込めたある日、そこで運命的な出会いがあったんです。

そこで出会った若い女性は、『自分は作家だ』と言って、自分が考えた物語の原稿をわたしに読ませてくれました。そこから、毎週決まった曜日に読書会みたいなことをするようになって——わたしは当時、小学生だったのに、えらそうに意見なんかも言ったりして、でも、その作家の女性はじっくりとわたしの話を聞いて、つたないアイデアをほめてもくれました。そうやって、彼女と一緒に物語を生み出すことが、とにかく楽しくて。『物語』って読むのも楽しいけど、創ることはもっと楽しいんだ、とと気づいて、わたしもいつか児童文学作家になりたいと強く思うようになったんです。

その作家の方が、わたしに『児童文学作家になる』という夢を与えてくれたと同時に、その夢を叶える力をくれたんです。いわば、恩人です。でもわたし、もともと身体が弱くて、急病で倒れてしまって、それからしばらく生死の境をさまよい、長期で入院することになって、その方とも、それ以来、二度と会うことはありませんでした。

もう二十年も前のことなので、その方が今どこでどうしているのかわからないのが残念ですが……。でも、その方が、『さくらさん』という名前だったから、その一部を使わせていただいて、わたしのペンネームを『秋野《あきの》さくら』にしたんです。もしかしたら、あの女性は、本が好きなわたしが想像で生み出した存在じゃないかと思うときもありますが、また会えたら、心からお礼を言いたいと思います」

——だから、さくらお姉ちゃん。週末、あの神社で待ってるね。

（作　桃戸ハル、橘つばさ）

囚人のジレンマ

「素直に白状したらどうですか？」

刑事が汚いものを見るような目つきで、手錠をはめられ椅子に座らされた男に、慇《いん》懃《ぎん》無《ぶ》礼《れい》な口調で語りかける。

取り調べを受けている男の名はジャック。マフィアの幹部の一人だ。

ある裏取引に関わったことで、ジャックは逮捕された。警察は、このジャックの逮捕をきっかけにマフィアのボスの居所をつかみ、マフィアを壊滅させようとしているのだ。

ボスがいったい何者なのか、その素性《すじょう》は警察もまったく把握できていない。ジャックを含め、数人の幹部だけがその正体を知っているという噂だ。

警察の取り調べに熱が入るのも当然だろう。

だが、ジャックも筋金《すじがね》入りのマフィアだ。ちょっとやそっとの揺さぶりで口を割るような男ではない。取り調べはすでにかなりの時間に及んでいたが、ジャックはのらりくらりとかわすばかりで、肝心なことは決して話さなかった。

「ヘラヘラ笑ってるんじゃやねぇ！」

別の刑事——部下と思《おぼ》しき男が、まるで動じないジャックに逆上して、拳を振り上げる。

しかし、慇懃無礼な刑事がそれを制した。

「そこまでにしましょう。そんなことで口を割る男ではないでしょう」

ジャックが白状しない理由は、「組織に忠誠を誓っているから」などでは決してない。ジャックは、ボスをおそれていたのだ。その冷酷で残忍な性格を。ジャックが組織を裏切ったと知ったら、ボスは彼を必ず亡き者にするだろう。

拳をおろし引き下がった部下の代わりに、刑事はジャックの目の前に来て、椅子に座る。そして、どこか親身な口調で言った。

「ジャック、君は優秀な男だ。度胸もあるし頭も回る」

「自分はもっと優秀だって、言いたそうな顔してるぜ」

ジャックが皮肉で返すと、男は首を振って笑った。

「いやいや、君の噂はいくつも耳にしているんだ。警察でも一目置かれているよ。特に、気心の知れたルークとコンビを組んだ時は、手がつけられないってね。今回、君とルークを一緒に捕まえることができたのは、我々警察の運がよかっただけだと思っている」

「あいつ、元気にしてるか？　一人で寂しくて泣いていないといいんだが……」

ふざけるように、ジャックが言う。取り調べが始まってから、ずっとこの調子で軽口を言い、警察をはぐらかしてきたのだ。

「今、別室で取り調べ中さ。君と同じだけの情報は持っているだろうからね」

刑事はまるで気にしない様子で、話を続けた。

「ルークとは、長い付き合いなんだろ？　子どもの頃から、貧民街で一緒に育って、強い絆《きずな》で結ばれているそうだね。君たちの生い立ちについては、詳しく調べてあるから隠さなくていい。なぜ頭のよい君たちがマフィアに入らなければいけなかったかもね。うらやましい限りだよ。そんな絆で結ばれた仲間がいるなんて……」

「俺も話に聞いたことがあるよ。警察に最近、やり手のエリートが入ったってね。あんたなんだろ？　あんた、いろいろとくだらない策を弄するらしいな？　俺には、何をするつもりなんだ？」

ジャックがニヤリと笑う。刑事も、口の片端を、くっと上げて笑った。

「君には敵《かな》わないな。もう正直に言おう。実は一つ提案があるんだ。我々は君からの証言がほしい。しかし、暴力に訴えたところで、君は何も言わないだろう」

「なら、逆に褒美《ほうび》でもくれるかい？」

ジャックが言うと、刑事はうなずいた。

「ああ、その通りだ」

ジャックの顔に意外そうな表情が浮かんだ。それを見逃さず、刑事は続けた。

「君たちと、取引がしたいんだ。これから君と別室で取り調べを受けているルークに、同時に同じ条件を出す。そして、一時間以内に結論を出してもらう。もちろん、君たちは話し合いなんてできない」

ジャックには、刑事が何を企んでいるのか見当がつかなかった。

「私はね、君たちの『絆』とやらが本物かどうかを知りたいんだよ。もちろん、この取引は、単なる口約束なんかじゃない。こうして書類にサインもしている。法的に根拠のあるものだ」

「で、具体的にはどんな条件なんだ？」

相手の様子から、これはおふざけではないと知ったジャックの顔からは余裕の笑みが消えている。

「君たちには、三つの選択肢から一つを選んでもらう。まず、一つ目の選択肢。このまま、君もルークも何も話さなければ、刑務所に入るのは二人とも一年になる」

「思ったより、短いな」

「そうかい？　私は入ったことがないからわからんがね。それに、刑務所の中には君たちと対立する犯罪組織の人間も捕まっているだろうから、逃げも隠れもできない空間で何が起きるかは、我々警察も予想はできない。まぁ、今回逮捕された事件だけでも懲役《ちょうえき》五年は固いだろうから、それに比べればたしかに短い。君たちは、白状するメリットがないと思うだろう。しかし、君たちが黙ったままでは、私たちも困る。そこで二つ目の選択肢。もし君が白状してくれたら、無罪だ。懲役も執行猶予もなし。君を釈放する」

「……そんなことができるのか？」

警戒してすぐに話に飛びつきはしなかった。しかし、ジャックが話に興味をひかれているのは明らかだった。

「さっき言っただろ？　こうしてサインももらっているって」

刑事は、先ほどの書類をジャックに見せた。

「我々も、君たちのボスの正体をつきとめるのに必死なんだよ。ただ本来五年の罪をなくす分、どこかで帳尻《ちょうじり》を合わせなければならない。もし君が白状したなら……」

刑事は、微笑んで言った。

「君の分の罪はルークに背負ってもらうことになる。つまり、白状した君は釈放されるが、白状しなかったルークには十年間刑務所に入ってもらう」

「そんな取引に、俺が応じるとでも？」

ジャックの鋭い目が、刑事をにらんだ。背筋が凍るような、威圧感に満ちた目だ。

しかし、刑事は平然と微笑んだまま、話を続けた。

「君は応じなくとも、ルークのほうはどうだろう？」

「ルーク？」

ジャックの目を見つめ返して、刑事は答える。

「はじめに言っただろ？　君たち二人に、同時に同じ話をするって。今ごろルークも同じ話を聞いているはずさ。つまり、君が黙秘していても、もしルークが白状したら、ルークは釈放され、君は十年間、刑務所に入れられることになる」

「何だと……」

一瞬、うろたえたような表情をジャックが浮かべる。

「君が律義《りちぎ》に黙秘しているのに、ルークのほうが……。いやいや、二人の絆なら、そんなことはないか？」

「ルークは、俺を売るような真似は絶対しねぇ」

思わずジャックは語気を強める。それを見て、刑事はずる賢そうな表情を見せて言った。

「だとするならだ、ジャック。これは君にとってのチャンスだ。ルークが絶対に白状しないのなら、君だけが白状をして自由を得ることができる、そうだろう？」

「馬鹿なことを言うなっ！　俺がルークを売るものか！」

ジャックが声を荒らげる。そんなジャックに、刑事は、少し優しい声になって言う。

「君とルークは、信頼の絆で結ばれている。すばらしいよ。君はルークを心から信じている。ルークも君が裏切らないときっと信じているだろう」

「当たり前のことを言うな」

にらんでくるジャックの目を、逆にのぞき込むように刑事は見る。

「でも、それなら、きっとルークは白状する。だってそうだろ？　君が白状することはないと、ルークは思っているんだから。ルークにとっては、自分ひとりだけ白状して、釈放される大チャンスだ。君を信頼していないからじゃない。信頼しているからこそ、ルークはそうするんだ。なぁ、君は本当に、ルークに嘘をつかれたり騙《だま》されたりしたことは一度もないか？」

そう言われて、ジャックは一瞬口ごもる。しかし、浮かんでくる考えを振り払うように頭を振って答えた。

「ルークは、俺を裏切ったりしない」

「私はね、ジャック。もし君が白状したとしても、君のことを裏切り者だなんて思わないし、君とルークの『絆』を笑うつもりもないよ。ただ君が社会からゴミをなくそうと決意してくれたと思うだけさ。君だって部屋にゴミが落ちていたら、無意識にそれをゴミ箱に捨てるだろう？　『俺は、このゴミを捨てるべきだろうか？』なんて、一時間迷ったりしないと思うがね」

それはひどい理屈だった。しかし、追い詰められた人間は、自分の選択を正当化するために、ひどい理屈にも飛びついてしまうものだ。ルークもそうじゃないと言い切れるだろうか？

「……もし、もしだ。俺もルークも二人とも白状した場合はどうなる？」

念のための確認のように、ジャックが言う。しかし、それを聞くということは、もうジャックは、ルークが、そして、自分が白状するかもしれないと思い始めているということだ。刑事は内心でニヤリとしながら答えた。

「それが三つ目の選択肢さ。もし二人とも白状した場合は、本来の通り五年間刑務所に入ってもらうことになる。二人とも無罪にしたら、帳尻を合わせられないからな。わかるかい、ジャック。もし君が、ルークは白状しないと本当に信じるなら、君も白状しなければいい。二人とも刑務所に入るのは一年で済む。それが二人にとって一番いい選択だろう。しかし、もしルークが白状したとしたら？　黙っていたら君だけ十年……」

「うるせぇっ！　聞いてないことまでぐちゃぐちゃ言うんじゃねぇ！」

ジャックは頭を抱えた。

きっと様々な思考が、渦巻いているはずだ。刑事はほくそ笑んだ。「信頼している」の一点張りで、思考停止されるのが一番困る。一度、思考の渦に飲み込まれ、思い悩んでしまえば、信頼だなんだというものは簡単に揺らいでしまうものだ。

「まぁ、落ち着いて考えるといい、ジャック。とは言え、あまり時間はない。こちらとしては、一人が白状してくれればそれで十分なんだ。もし、どちらかが先に白状したら、そこで終わりさ。後から、自分も白状したいなんて言ってもそれは無理だ。もし今日の取り調べで君が白状せず、ルークが白状していたら、その時点で、君は十年刑務所に入ることが決まるわけだ」

それを聞いて、ジャックはハッとして顔を上げた。うろたえた表情で、男を見ている。男は微笑んで言った。

「さぁ、どうする、ジャック？」

それから十分後、刑事は取調室から出た。そして、軽い足どりで自分のデスクに戻る。

そこへ、一人の警官が走ってきた。

「お疲れ様です！　ルークの取り調べが終わりました。ルークは、ボスの正体を白状しました」

その報告を聞いて、男はニヤリと笑った。

「そうか、ジャックもかわいそうに……」

「というと、ジャックは……？」

男は、くっくっくっと、おかしそうに笑いをもらした。

「……いや、ジャックも白状したさ。信じていた相手を裏切り、相手からも裏切られ、その上、五年も刑務所に入るんだから、かわいそうじゃないか」

警官は感服したように男を見て言った。

「まさか、これほどうまくいくとは思いませんでした」

「今回のケースは、『ゲーム理論』の中の『囚人のジレンマ』というものさ。あの二人が知っているわけないだろうがな。『囚人のジレンマ』においても、①二人とも黙秘したら懲役一年、②一人だけが自白したら、自白した者は無罪だけど、黙秘したほうは懲役十年、③二人とも自白したら懲役五年、という条件が提示される」

「ゲーム理論ですか？」

「そう。経済学の理論さ。その理論では、『互いに自白する』という結果が想定されている。ただ私自身、『さすがに人間はそこまで愚かではないんじゃないか』という思いがあったから、今回、いい機会だから試させてもらったというわけさ。で、理論通りになってしまった。ただしこれは、『人間が自分の利益を追求する生き物』なんじゃなくて、『マフィアという、社会のゴミが……』だとは思うがね。まぁ、何にせよ、これでボスの正体はわかった。あの二人もしばらく刑務所から出られないだろうし、信頼が崩れて、元のようなコンビには戻れないはずだ。これであいつらのファミリーはおしまいさ」

男は心の底から愉快そうに、声を出して笑った。

──それから、五年の月日が経った。

刑務所の近くのバーで、出所したジャックが酒を飲んでいた。

そのバーに、一人の小柄な男が入ってきた。やたら大きいスーツケースを引きずっている。男はジャックを見つけると、隣に座って言った。

「……白状したんだな、ジャック。あの日、お前は……」

ジャックはゆっくりと顔を上げて、男を見つめた。

「ああ、お前もだろう？　ルーク……」

ルークは、ジャックとは別の刑務所に収監されていた。だから、二人が会うのは五年ぶりのことになる。あの、互いに白状をした取り調べの日から……。

二人はしばらく、険しい顔でじっと見つめ合った。

そして、ともに表情を崩すと、二人は互いに抱擁《ほうよう》を交わした。

「お前を信じていた──白状してくれると信じていたよ。あの頃、ボスは周りの人間を信じることができず、疑心暗鬼のあまり、おかしくなっていた。『二人ともが黙秘を続ければ懲役一年』と聞いた時は、肝が冷えたよ。そんな早く出所したんじゃ、ボスを売って警察と取引したんだと思われるってね」

ジャックの言葉に、ルークもうなずく。

「当然、無罪にされてしまった場合も同じだ。ボスは俺たちを疑って、拷問《ごうもん》にかけられるか、消されていただろう。俺たちが二人とも助かるには、どちらも白状して五年間刑務所に入るしかなかった。それだけ入れば、ボスも警察と取引したとは思わない。しかし、もしお前が黙秘して、俺だけ釈放されることになったらと、不安もあった」

「それは俺もだ。でも、お前なら俺と同じことを考えていてくれると信じていた。刑事たちの前では、本心を悟られて、条件を変えられたり、利用されたりしないよう、さもお前を裏切ったかのようにふるまったがな」

ジャックとルークはグラスをぶつけ乾杯した。

「ボスは結局、警察と銃撃戦になって死んだらしいな」

ジャックの言葉に、ルークはうなずく。

「仕方がないさ。それでなくても、あの人はもう、ボスでいることの重圧に耐えられず限界だったんだ。今は他の幹部が引き継いで、まだファミリーは何とか残っている。俺とお前が協力すれば、元のように強く大きいファミリーに戻せるはずだ」

それを聞くと、ジャックは手をたたいて言った。

「それじゃあ、さっそく仕事を始めよう。まず初めに何をする？　例えば、俺たちの絆をコケにした、あのエリートにけじめをつけさせるってのはどうだい？」

その言葉を聞いたルークは嬉しそうに言った。

「やっぱり俺たちは、気が合うな」

そして、引きずってきた大きなスーツケースを蹴飛ばした。中からかすかに、男のうめき声が聞こえた。

「ここに来る前に、ちょっと捕まえてきたんだ。マフィアがなめられっぱなしってわけにはいかないからな」

ルークが言うと、ジャックは愉快そうに微笑んだ。


（作　桃戸ハル）

編集長の仕事

「篠原《しのはら》編集長！　俺はもう無理です‼」

部下の真田《さなだ》がつかつかと大股でやって来たと思うと、険しい顔で大声を張り上げ、篠原のデスクにバンッと両手をついた。

「竜崎《りゅうざき》先生のワガママに付き合うのも、もう限界です！　あれはもう、作家のワガママを超えて、れっきとしたパワハラですよ‼」

「待て待て、今度は何があったんだ？」

顔を真っ赤にしていきり立つ真田を前に、篠原は、目を通していた書類をいったんデスクの上に置いた。

篠原は、とある出版社の文芸編集部の編集長として、何人もの部下を統括している。部下が制作する書籍の最終チェックをしたり、部下たちの労務を管理したりするのが、篠原の編集長としての仕事である。実際に各作家を担当するのは、部下たちの仕事だ。

作家の中には、付き合うのがなかなかに難しい人物もいる。極端に偏屈だったり、こだわりが強かったり、アイデアが次々と浮かぶからこそ主張がころころ変わったりして、そのたびに編集者は振り回されることも多い。篠原が知るなかにもそういう作家が大勢いるのだが、なかでも、竜崎幻寿郎《げんじゅろう》は群を抜いて気難《きむずか》しい大御所作家だった。

竜崎幻寿郎は時代小説の大家として、数多くのヒット作を世に送り出してきた。しかし、その陰で何人もの担当編集者が心身をすり減らしてきたのも事実である。作家としての才能は申し分ないのだが、極端に言うなら、編集者を「仕事のパートナー」とは――いや、「人間」とは思っていないフシがあるのだ。

竜崎の担当になった編集者は、早朝だろうが夜中だろうが、「原稿について話がある。今すぐ来てくれ！」と言われたら一時間以内に駆けつけなければならない。一分でも遅れたら、一時間の説教が待っている。

――ただでさえ執筆が遅れているんだから、説教する時間があるなら、原稿を書いてほしい。

編集者はそう思うが、そんなことを言ってしまったら、説教の時間がさらに一時間延びるだけでなく、原稿の執筆自体をやめてしまうかもしれない。

ほかにも、取材旅行の手配を完璧にこなさなければ怒声が飛んでくるし、サイン会や講演会の段取りにも細心の注意が求められる。

指示されることは、「本づくり」に関わることだけではない。家の掃除や買い物、宅配便の受け取りから観葉植物の手入れまで——二つ返事で引き受け、執筆に集中してもらえる環境を作らなければならない。そこまでしても竜崎の筆がのらないときは、理不尽に八つ当たりされることもしばしばだ。

最初は、どんな編集者も、「あの竜崎先生の担当になれるなら！」「自分なら、先生をうまくコントロールできる！」と意気込むのだが、しばらくすると、「自分にはできません」「先生の執筆の足手まといになってしまうので……」と、担当替えを申し出る。もちろん、竜崎本人から、「今すぐ担当を代えてくれ！　使いものにならん！」とクレームを入れられたことも、一度や二度ではない。いずれにしても、篠原にとっては大きな悩みの種だ。

そして、もう何人目かわからない竜崎の担当編集者である真田が、いよいよ爆発寸前といった様子で、篠原のもとへ抗議にやってきたのだった。

「真田、先日も竜崎先生を怒らせたばかりだろう。最近、多いんじゃないか？」

「原稿を書けない理由を、こっちのせいにしてるだけですよ。それに、最近、ますます身勝手さがエスカレートしてきてます。この前なんて、『サイン会の日程を変更しろ！』って怒鳴られたんですよ？　セッティングはすべて終わってるっていうのに。それで、『会場も押さえてあるので、もう変更はできません』って言ったら激怒されて……。その件については、副編集長から竜崎先生に電話してもらいました。ちなみに今日は、『玄関の掃除が甘い！』って、くどくど文句を言われました。もう我慢できません。掃除なんて、編集者の仕事じゃないですから。編集長からも、先生に言ってくださいよ。それと……」

眉間にシワを寄せたまま、真田が竜崎の文句を並べる。竜崎なみに不機嫌そうな真田の表情を見ながら、篠原は小さくため息をついた。

「真田、おまえもわかってるだろ？　竜崎先生は、うちの会社の看板作家だ。先生を怒らせて、『おまえのところでは、もう二度と書かない！』なんて言われたら、売り上げは確実に落ちる。そうなったら、この編集部も今のままではいられなくなるぞ。会社と社員を守るためにも、竜崎先生には書き続けてもらわないといけないんだ。先生の要求にこたえることは、担当編集者の仕事のひとつだと思ってくれ。頼む。先生のご機嫌を損ねるわけにはいかないんだ」

それは、竜崎の歴代担当となった部下たちに、幾度となく繰り返してきた説明であり、説得であり、懇願だった。篠原にも、部下たちに無理を言っているという自覚は十分にある。今の時代、部下に竜崎の相手をさせることが、パワハラをしているに等しいことも理解している。しかし、編集長という立場にある篠原は、部下の労働環境と同じくらい、会社の利益のことも考えなければならない。部下の言い分を優先して、稼ぎ頭の大作家にヘソを曲げられたら、売り上げが落ちて、編集部の人員が整理されてしまうかもしれないのだ。もちろん、篠原自身も、その対象ではあるが、部下の誰一人、編集部から欠けてほしくないと篠原は思っていた。

そういった篠原の「板挟み状態」を理解しているからこそ、これまでの部下たちは篠原の説得に応じて、竜崎の担当を——竜崎から「担当を代えろ！」と怒鳴られるまでは——真摯に続けてくれた。

しかし、爆発寸前といった様子の真田が、「わかりました」とうなずくことはなかった。

「俺、本当にもう限界なんです。今まで何度も我慢して、不満をのみこんで、担当を続けてきましたけど、これ以上は無理です。編集長は、部下と作家のどっちが大切なんですか⁉」

「もちろん、おまえたち部下に決まってるだろ。だからこそ、みんながこの仕事を続けるために、あの『ワガママ作家』と付き合っていかなきゃならないんだ」

「竜崎先生の担当から外してもらえないなら、俺はこの会社を辞めます」

叩きつけるような真田のその一言に、篠原は目をむいた。

「おいおい。会社を辞めるだなんて、そんなこと言うなよー。あんなワガママ野郎のせいで、仕事が好きなお前が、編集の仕事をやめなきゃいけないなんて、もったいないよ」

「俺は、それくらいのストレスを抱えてるんです！　あいつの担当になってから、まともに寝られてないし、休日なんてありません。あいつからいつ呼び出しがあるかもわからないから、二十四時間ずっとスマホが手放せなくて、まったく気が休まらないんです。しかも、あいつからは毎日のように文句や怒鳴り声ばかり浴びせられて、もうやってられません！　編集の仕事は好きですよ。でも、このままじゃ体を壊します。体だけじゃない、精神も限界です。俺たち編集者は、作家の奴隷じゃない。俺か、あいつか、どちらかを選んでください！」

一気にまくし立てた真田が、デスク越しにギロッと篠原をにらむように見つめてくる。その目の下には濃いクマができている。「まともに寝られていない」というのも、大げさな話ではないのだろう。篠原自身も若いころ、竜崎の担当編集を務めたことがあるが、当時、鏡に映った自分の顔も、今の真田と似たようなものだった。あのとき、篠原の体は激務のため、本当に壊れる寸前で——睡眠不足と過労がたたってめまいを起こし、竜崎の自宅から社に戻る途中で駅構内の階段から転落し、救急搬送されたのだ——それを理由に、担当を代えてもらったという経緯がある。

「……たしかに、編集者は作家の奴隷ではないな。さっきも言ったが、俺にとって大事なのは作家じゃなくて、仲間であるおまえたちだ」

篠原は目をつぶって、じっと考えたあと、デスクの上に置いてあった社用のスマホを手に取った。それを指先で操作し、耳もとに近づける。その様子を、対面に立ったままの真田が、じっと見つめていた。

「……竜崎先生、××出版社の篠原です。今、少しだけお時間よろしいでしょうか？いや、先生が忙しいとかは関係ないんです。大事なことなんです。先生に、きちんとお伝えしておきたいことがあります」

スマホに向かって、篠原は静かに語りかけた。電話の相手が竜崎だと知った真田は、怒りの気配を和《やわ》らげたかわりに緊張の色を濃く顔に浮かべ、じっと篠原の言葉に耳をかたむける姿勢をとった。真田だけでなく、ほかの部下たちも、仕事をするふりをしながら、篠原の声に耳をすましている様子だ。竜崎という気難しい大作家に対する篠原の出方に、全編集部員の注目が集まっていた。

いくつもの視線を感じながら、篠原はゴクリとノドを鳴らすと、スマホに向かってふたたび口を開いた。

「まず、先日はサイン会の準備に関して、こちらの不手際《ふてぎわ》があり、申し訳ございませんでした。可能な限り、先生のご希望にそえるよう調整してまいります。ですが、われわれ編集者だけではなく、書店さんと折衝している営業部の人間、本を置いてくださっている書店さんも、先生の本を一人でも多くの読者に届けるためにチームとして最善を尽くしていることを、ご理解いただけないでしょうか。本は著者だけの力ではなく、多くの人の協力によって読者に読んでいただけるんです。そして、そのチームの一員であるわれわれ編集者は一人の人間です。わたしは編集長として、部下たちを守る義務があります。彼らを人とも思わない言動は、今後一切、おひかえください。編集者は『作家の相棒』であって、『作家の奴隷』ではありません。もちろん、竜崎先生の執筆のサポートはいたしますが、度を超えたワガママにこたえる必要はないと考えています。われわれはあくまで、『よき本』を作るために、編集の仕事をしているんです。……いやいや、他社の編集者だって思いは同じです。他社に原稿をもっていったって、同じことです。われわれ出版社同士は、よきライバルであると同時に、よき仲間でもあります。出版業界を志し、『よき本』を読者に届けたいと考えている、前途ある若い編集者をつぶすようなマネを今後もなさるというのなら、わたしは黙って見ていることはできません！　……いいから黙って聞け！　あなたは今まで誰からも注意されてこなかったでしょうから、わたしがはっきり言いましょう。あなたが傲慢な態度をこれからも続けるなら、そんな作家は、うちの会社だけでなく、これからの文芸界にも必要ない!!　これは最後通告です。もう一度言います。今後、態度を改めていただけないなら、あなたの本はウチから出せなくなってもかまわない。他人の権利や尊厳を想像できない作家の作品なんて、出版する価値もない！」

篠原の毅然とした言葉に、真田をはじめ、全部員が息をのんだ。その気配を感じながら、篠原は乱れた心を静めるために深呼吸する。

「申し上げたいのは、それだけです。今一度、お考えいただけますと幸いです」

失礼します、と静かに一言添えてから、篠原はスマホを机に伏せるようにして置いた。そして、ふぅ……とため息をついた直後、わぁっと、編集部のフロアが震えるほどの勢いで、あちこちから歓声だけでなく、拍手まで上がった。

「篠原編集長、すごい！　ビックリしましたけど、ちょっと感動しました!!」

「まさか、竜崎先生にあんなビシッと言うなんて……。私までドキドキしちゃいました！」

「でも正直、『よくぞ言ってくださいました！』って感じですよ。僕も以前から、竜崎先生の言動は疑問に感じていたので」

デスクに集まってきた部下たちの表情が、篠原の目には一様に輝いて見えた。それほど、身勝手な竜崎に対する不満や疑心が募っていたのだろう。自分は編集長として、部下たちを守るために行動した。やるべきことをやったのだ。篠原はそう思った。

「編集長にできることなんて、部下が気持ちよく働ける環境を整えることくらいだからな」

笑顔でそう言った篠原に、部下たちが口々に、「さすがです！」「ありがとうございます！」と弾んだ声をかける。真田も、今や穏やかな表情で、篠原に頭を下げていた。

これで、部下たちのモチベーションは上がるはずだ。これでよかったのだ。篠原が心の中でそうつぶやいたときだった。

「あのー、篠原編集長」と、若い社員──ではなく、主に電話番や資料整理を任せている大学生アルバイトの青年が、盛り上がる編集部員たちの間を縫うようにして近づいてきた。

「今、編集長がスマホでお話しされていた間に、あちらの固定電話のほうに、編集長あてにお電話がありまして、保留にしてあるんですが……」

「お、そうか。誰からだ？　用件は聞いたか？」

篠原は当然の質問をしながら、デスクの上で「保留」のランプを灯している固定電話に手を伸ばした。その手が受話器に触れたところで、アルバイトの青年が淡々とこたえる。

「『サイン会の日程変更ができなかった部下の不手際について、今夜、編集長が自宅まで謝罪に来ると聞いていたが、それまで待てない。今すぐ来い。そのとき、手ぶらで来るなんてバカなことはするなよ』とおっしゃっていました。えっと……竜崎幻寿郎さんという方からです」

その瞬間、編集長の勇気ある行動をたたえてお祭り騒ぎだったはずの編集部が、水を打ったように静まり返った。いや、「凍りついた」と表現したほうが適切かもしれない。

居合わせた編集部員たちが、いっせいに篠原のほうを見た。なかでも真田の目は、

「信じられない」と言わんばかりに見開かれ、震えていた。

篠原が、スマホで竜崎幻寿郎に抗議の電話をしていた間に、その竜崎幻寿郎から、会社に電話がかかっていた。通話していた相手から、別の電話に呼び出しがかかってくるなど、起こるはずがない。

「篠原編集長……。さっきスマホから竜崎先生にかけていた電話——まさか、電話したフリだったなんてこと……ないですよね……」

真田の震える声に詰め寄られて、篠原はガックリと肩を落とした。今夜、竜崎の家を訪問した際、土下座して懇願するつもりだったのに……。自分が竜崎の担当を務める覚悟もしていたのに……。

篠原の目には、「部下からの信頼」がボロボロと崩れ、そのガレキが自分と部下の間に、大きな壁となって積み上がっていくのが見えた。

（作　桃戸ハル、橘つばさ）

フードファディズム

「こんなもの、持ってこないでって言ったでしょっ！」

私は、思わず声を張り上げた。

「あなた、こういうものを自分の子どもにも食べさせてるんじゃないでしょうね。やめなさい。いい？　私は、あなたのために言ってるのよっ！」

私の前には、久しぶりに里帰りしてきた娘がいる。

問題は、娘が持ってきたお土産《みやげ》のお菓子だ。

どこのデパートでも売っているような、ちょっとしゃれたお菓子。多くの人は気にせず食べるかもしれない。

けれど、私は知っている。こういうものには、大量の添加物が入っているのだ。

嘘ではない。成分表示を見ればわかる。保存料、着色料、酸化防止剤……。

娘が持ってきたお菓子の添加物の多さに、私はめまいを覚えた。

「こんなもの食べたらどうなると思ってるの？　私がこういうの嫌いなこと、わかってるでしょう？　それをわざわざ買ってくるなんて……！」

私に怒鳴られて、娘はうつむいてうなだれている。

娘は、里帰りの度に、こんなお菓子を買ってくる。そして、毎回、私に叱られている。それでも、何度も買ってくるのは、なぜなのだろう。

もしかしたら、持ってきたお菓子を何とか私に食べさせ、おいしさを認めさせたいのだろうか。おいしければ私の食に対するこだわりが変わると思っているのだろうか。

私は、食べ物には、味よりも大事にしなくてはいけないものがあると思っている。娘は、私が「味に納得していない」と思っているから、より味をよくするための成分の多いものを買ってきてしまうのかもしれない……。

私が食べ物の安全性についてあれこれ話すと、娘に限らず、それを否定しようとしてくる人は少なくない。

「国の決めた安全基準を守って作られてる」とか、「全国のお店で売っていてみんな問題なく食べてる」なんて言ってくる人もいるが、そんなもの当てにならない。

「科学的根拠のないデマや噂話に流されている」と嘲笑《あざわら》う人もいるが、もし万が一それが、デマではなく、体に取り返しのつかない影響が出てしまったら、そういう人たちはどう責任をとるつもりなのだろう。

「気にしすぎだ」なんて呆れる人もいるが、気にしないほうがおかしいのだ。食べ物は、味を楽しむものでもなければ、体を動かすエネルギーになるだけでもない。人間は、食べたものの栄養素を使って、自分の血肉を作っている。つまり、食べ物は、体の材料となるものであって、まさしく自分の一部となるものだ。いくら見た目がよかろうと、おいしかろうと、健康的で安全であることが第一なのは変わらない。

いや、むしろ、健康的で安全なものこそが、真に美しく、おいしいものだと感じる味覚を身につけなくてはいけない。今この世界にあふれている食べ物の多くは、どれも、大量の添加物で味と香りをつけた、不自然な偽物でしかない。

味覚だって、教育によって培《つちか》われていく。そういうことがわかる人間になるように、娘には、子どもの頃から、しっかりと食育をして、しつけてきたつもりなのだが……。

すっかりしょげかえっているらしく、うつむいたままの娘を見ながら、私は思った。

やはり、ずっと私が一緒にいなければいけなかったのだ。

私の目の届かないところで生活をするうちに、すっかり不健康な食べ物に染まってしまった。

自由に好きな物を食べられなかった子ども時代は、娘にとってつらいところもあっただろう。他の家のように、子どもが喜びそうな、たっぷりの糖分が入った、着色料まみれのお菓子を食べさせることは、一度もなかった。

しかし、それも娘の健康を思ってのことだ。

娘が友だちにもらったジュースを飲もうとした時、私は娘に手をあげた。間違って洗剤を飲もうとしている子どもがいたら強く叱る――そのことと、何ら変わりがない。

友だちの誕生日会に娘がこっそり行って、添加物まみれのケーキを食べようとしていた時は、その場に乗り込んで、泣きわめく娘を無理やり連れ帰った。その友だちの親を、「うちの子を殺すつもりですか」と怒鳴りつけた。

中学生の頃、ファストフード店でハンバーガーを食べてきた娘を、一晩中、家に入れなかったこともある。

そういう私のやり方を、夫に止められることもあった。夫は娘に甘い。でも、甘やかすことと、甘いものを食べさせることは違う。子どもを悪いものから守り、正しい道に導くのが親の務めだ。

たしかに多少、やりすぎた時もあったかもしれない。しかし、それだけ私は、必死に自分の子どもを守ろうとしたのだ。

それなのに、この娘は……。

「とにかく、こんなお菓子は捨ててちょうだい。こんなものを食べて病気になったらどうするの。そばにあるだけでも気分が悪い。もう二度と持ってこないで」

私は吐き捨てるように言った。まったく忌々しい。

「嫌よ」

その時、うつむいていた娘がポツリと言った。

「何ですって？」

私は、聞き間違いかと思った。

「嫌って言ったの。そのお菓子は捨てない。ここに置いていくわ。それに、これからも来るたびに、こういうお菓子は持ってくる」

娘が、こんなにハッキリと私に逆らうようなことを言うのは、初めてだった。私は頭に血がのぼるのを感じた。

「何を言ってるのっ！　どんなものを持ってきたって、私は考えを変えないわよ。それでも持ってくる気？　嫌がらせのつもりなの？　それとも、私を殺したいの？」

するると、娘は顔を上げて言った。

「嫌がらせ？　そう思うなら、そう思えばいい。それに……」

娘にじっと見据えられて、私は一瞬、うろたえた。

「それに、何よ……？」

「だって、おかしいでしょ。お母さん、そうやって『病気になったら』とか『体に悪い』とかって言うくせに、なんでなのよ!?　なんで、こんなことになっちゃってるのよ。全然、説得力がないよ。だって、お母さん、死んじゃってるのよ!?　死んでいる人間を、どうやって殺すのよ!!」

娘が手を伸ばしてくる。その手は、少し透けている私の体を通り抜けて、その背後にある仏壇の仏具にまで届いた。

チーン……と、娘が音を鳴らす。それから、泣いているような、笑っているような声で言った。

「死んでるくせに、お供え物の食べ物を見て、嫌がるなんておかしいよ。それに、どんなに怒ったところで、呪ったり祟ったりすらできないでしょ？　お母さんには、そういう力はないんだよ」

「呪う？　祟る？　私が？　何のために？　全部あなたのためにやったことよ。こうして死んだあとだって、あなたのことを思って……」

私は、娘の顔に浮かんだ表情を見て、言葉を失った。

「私、お母さんのせいで、友だちもいなかった。いろいろと我慢しなくちゃいけなくて嫌だった。『お母さんなんて、いなくなればいい』って思ってた。だけど、なんで本当にいなくなるのよ⁉　しかも、事故とかじゃなくて、『病死する』って、どういうことよ？　それなのに、なんでお母さん、死んでからもそんなこと気にしてんのよ‼　とにかく、これからは、こういうお土産をたくさん供えてあげるから、怒りたければ怒ればいい」

娘は、にっこりと微笑んでいた。今まで、私の前では見せたことがないような、心の底から喜んでいるような、微笑みだった。

娘が仏間を出ると、そこに娘の夫が立っていた。買い物に一緒に行くことになっていたので、妻を探していたのだ。

「なんかずっと独り言をつぶやいていたみたいだけど大丈夫？　それより、お供え物、あれでよかったかな。ほら、毎回、お菓子を持ってきちゃってるけど、あんまりそういうの食べない人だったって前に聞いたからさ……」

夫が尋ねると、妻は立ち上がって言った。

「どうだろう？　生きていたら、きっと怒っているでしょうね。私にも、言いたいことがいっぱいありそう。でも、それくらい未練があれば、成仏できなくてそのへんをさまよい続けるんじゃないかしら。まぁ私は、お母さんの小言はなれっこだから、もう少しだけならお母さんの小言を聞くのもいいかなって思ってる。お母さんも同じ気持ちかもしれない。私、霊感があるからわかるのよ」

（作　森久人、桃戸ハル）

スーパーヒーローの帰還

乱打戦となったこの試合も、九回の裏、いよいよ大詰めを迎えております。得点は九対六、代打に指名されたのは、この男、スーパーヒーローの園崎《そのざき》です。園崎が凡退すれば試合は終了、しかしホームランを打てば、奇跡の逆転満塁ホームラン。その瞬間、東京スターズのペナントレース制覇も決まります！　すごい歓声です!!　音声のほう、問題ないでしょうか？　ここまでの声援は聞いたことがありません。スタジアムが壊れんばかりの大歓声！

スーパーヒーローの園崎！　この場面で園崎が登場です！

六年前、野球界に突如として現れた無名の新人。高校時代には野球部に所属せず、公式試合にすら出たことのない男が、ドラフト外の入団テストに参加。そこで、驚異的な身体能力を見せ、合格を果たしました。

そして、そのまま開幕一軍入り。一年目のルーキーでありながら、投手と打者の二刀流、四番エースとして大旋風を巻き起こしました。ついには本塁打数、盗塁数、防御率……あらゆる記録を塗り替え、タイトルを総なめにしたのです。

これだけの才能を持ちながら、園崎がプロ入団まで世に出なかった理由は、父親の強烈な反対があったからだといいます。

野球のプロになりたいという夢を、園崎の父は一切、認めなかったそうです。「そんな大それた夢を持たず、もっと目立たなくとも地道な仕事をしろ」というのが父の口癖だったと、以前インタビューで園崎は語っております。

野球部への入部すら許されない境遇にも、園崎は負けませんでした。草野球や非公式の練習試合などにこっそり参加させてもらって腕を磨き、父の目を盗んでの自主練も決して怠らなかった。

そうして、高校卒業と同時に、父の反対を押し切り、家を出てプロ野球の世界に飛び込んだのです。園崎は、かつて言いました。

「どんな困難な状況にあっても、あきらめてはいけない。あきらめてしまうこと、それこそが真の敗北だ」と――。

逆境の中でも自分を貫き、夢をかなえた園崎――しかし、園崎が次なる夢を語った時、多くの人が、「さすがにそれは無理だ」と思わずにはいられませんでした。

なんと園崎は、サッカーのワールドカップへの挑戦を宣言したのです。

プロ野球からプロサッカーへの転向。いくらプロ野球で驚異的な成績を残したとはいえ、そんなことができるはずがない。なぜなら、園崎は、それまでサッカーが、一チーム何人で行われるかも知らなかったからです。

しかし、園崎はそんな常識にも負けませんでした。

激しい特訓の後、サッカーのプロチームの入団テストに合格すると、あっという間に日本代表メンバーに選ばれ、日本をワールドカップ初優勝に導いたのです！

そして、さらに園崎の挑戦は続きました。

バスケット、バレー、陸上から水泳、柔道やフェンシングに至るまで、ありとあらゆるスポーツに園崎は挑みました。夏のオリンピックでは、三十種目に出場し、団体競技ではメダルを逃したものもありますが、個人競技では出場した競技すべてで金メダルを獲得したのです！

自分の力で、どこまで行けるか試したい。そう言って園崎は、何があろうと挑み続け、そして、どの競技においても、一度も誰にも負けることなく、すべての記録を塗り替え、素晴らしい成績を残したのです。

まさに現代の超人。何者にも、どんな困難にも負けない無敗のスーパーヒーロー、園崎。そんな彼が、様々なスポーツへの挑戦が一段落し、ついに、ついに、ふたたび野球の世界に戻ってきたのです。

試合が中断するほどの大歓声。その熱狂、興奮も無理はありません。さぁ、ようやく場内が落ち着いたようです。

園崎を相手に、どう攻めるか。ピッチャー、第一球……ん？　どうしたんでしょう。球場が急に暗く……雲でしょうか？　スタジアムの照明のトラブルでしょうか？

……いや、違う！　何だ、あれは！

中継をご覧の皆様、見えますでしょうか？　空に巨大な……巨大な……宇宙船らしきものが！　なっ！　何でしょう。激しいノイズが……。

『ガガッ……ザザザッ……この惑星の……ザザッ……住人に告ぐ……ガガガッ……我々はこの星を侵略に来た……ガガッ……今すぐ降伏せよ。さもなければ……』

皆さん、聞こえましたでしょうか？　信じられません！　異星人の襲来です。何だ、何をしようと……うわあああああっ！

……はぁ……はぁ……激しい衝撃で揺さぶられましたが、まだ中継はつながっているでしょうか？　恐ろしいことが起きました。宇宙船から閃光が放たれ、外野スタンドが消滅しました。

　皆さん、地球のピンチです。こんな兵器を持つ異星人に、地球の科学力で太刀打ちできるのでしょうか……。

　この中継も、いつまでもつか、わかりません。それとも、この中継を通して、異星人たちは、自分たちの力を見せつけようというのでしょうか!?　今、速報が入りました。各地の自衛隊基地が異星人たちの同時攻撃を受け、壊滅状態だということです。もう助けは来ないかもしれません。

　おや、どうしたことでしょう。一人、グラウンドから宇宙船の方向へ走っていく者が……。あれは……園崎です。園崎が宇宙船に立ち向かおうとしているのか!?　やめろ、園崎！　お前は地球の宝だ。そんなところで命を落とすな！　無茶だ！　園崎！

あぁ、えっ!?　園崎が……園崎が、飛んだぁぁぁっ！

　信じられません！　園崎が空を飛んでいます。まるで、スーパーマンのように！

そして、宇宙船と戦っています。大きな宇宙船から出てきた、小型の宇宙船をその拳で次々に打ち壊していきます。すごいぞ、園崎！

　何ということでしょう。園崎は本物のスーパーヒーローだったのです！

比喩ではありません。彼の正体は、本当に超能力を持つヒーローだったのです！

突如、上空に現れた宇宙船に向かって走りながら、園崎は考えていた。

——自分はあの宇宙船に、勝てるだろうか？　いや、悩んでいる時間はない。力をもつ自分が戦わねば、いったい他に誰が、この地球を救うというのだろう。

思い切り地面を蹴って、園崎は空へと飛び上がった。今まで、人前では使ったことのない力だ。これまでスポーツで使っていたのは、元々の生身の能力だけ。この能力を使うことを、園崎は父親から強く反対されていた。「お前は、その能力を封印し、一市民として目立たないように生きていくのだ」と。

大きな宇宙船から現れた無数の小型宇宙船を、園崎はどんどん破壊していく。殴った拳が痛くなるほど固い。

宇宙船から放たれるレーザーが園崎の体をかすめる。数が多すぎる。かわし続けることはできない。何度も心が折れそうになった。しかし、園崎は戦い続けた。

——あきらめてしまうこと、それこそが真の敗北だ。俺は無敵のスーパーヒーロー。誰が相手だろうと、どんな困難が立ちはだかろうと、負けるわけにはいかない！

最後の力を振り絞った園崎の攻撃が、ついに巨大な宇宙船の心臓部を貫いた。

宇宙船が爆散する。しかし休んでいるひまはない。園崎は瞬間移動で世界各地に現れた宇宙船をすべて撃破した。

侵略者たちは壊滅し、地球は守られた。

世界中の人々が歓喜の声を上げた。球場どころか、地球自体が割れんばかりの大歓声だ。誰もが園崎をほめたたえ、その名前を叫んだ。

我らがスーパーヒーロー、園崎っ！　無敵のスーパーヒーロー、園崎っ！

これまで経験した中で、最大の戦いだった。もしかしたら、奇跡的な勝利だったのかもしれない。

――それでも俺は負けなかった！　俺はやり遂げたんだ！

宇宙人の大規模侵攻から約三ヵ月後――。

混乱がようやく落ち着き、野球のペナントレースが再開された。しかし、そこに園崎の居場所はなかった。

「人間を超えた能力を持っている者が、他の選手に交じってプレイするのは不公平だ」

そんな意見が、多くの球団、そしてファンの間から噴出したのだ。

もはや園崎が活躍しても、誰も喜ばなかった。むしろ活躍する度に、園崎を疑問視したり、批判する声が増え、やがてそれは大きなバッシングにまで発展した。

「あんな能力を持っている奴が出場したら、試合が盛り上がらないし、つまらない」

「園崎はずっとそれを隠していた卑怯者だ！」

「あんな詐欺師にスポーツをする資格はない！」

――容赦のない言葉が園崎に向けられた。野球ばかりではない。あらゆる競技で、園崎は居場所を失った。

園崎が、「異星人と戦うときには能力を使ったが、それまでのスポーツで能力を使ったことはない」と説明しても、それを信じる者、耳を貸す者は誰もいなかった。

園崎は、自分の父が、プロ野球やプロスポーツの道に進むことを頑なに許さなかった理由がようやくわかった。超能力を持つ者が、受け入れられるはずがないと、父にはわかっていたのだ。

その後の園崎の行方は、誰も知らない。


（作　桃戸ハル）

名画の顚末

ウェールズの片田舎で偶然に発見されたその絵は、これまで世界に十一点しか存在を確認できていなかった、とある画家の十二点目の作品だった。

その絵画は、取り壊しの決まった古い民家の物置小屋で発見された。そして、何人もの絵画鑑定士のもとをめぐり、「フランス人作家、エステヴァン・フォン・ルロワの作品で間違いない」との結論が出された。多少のほこりはかぶっていたものの、絵の保存状態は完全と言えるものだった。

モチーフは、女性らしき人物。しかし、うしろ姿を描いたものだったので、顔はわからない。背中を向けた女性は、奥に描かれた輪郭のはっきりしない真っ黒な影のようなものと、鏡に向かうように手を合わせているように見える。その手もとは影に溶け込み、判然としない。

そして、縦八十センチ、横六十センチほどの大きさのキャンバスの裏には、かなり薄くなってはいたものの、「親愛なるオレリー　美しき孤独のきみ」という走り書きが確認された。そのことから、ルロワの十二作品目のこの絵画は〈孤独のオレリー〉と呼ばれるようになった。

〈孤独のオレリー〉は、とある美術館で厳重に保管された。その後、一般に公開された際には多くの観覧客が、寡作《かさく》な画家の、唯一無二の才能に魅了された。

一億ドルの価値があるともいわれ、一躍、注目作品となった〈孤独のオレリー〉だったが、一般公開された三ヵ月後、大きな事件が起きた。〈孤独のオレリー〉が、展示されている美術館から忽然《こつぜん》と姿を消したのである。

――〈孤独のオレリー〉何者かに盗まれる。

――〈孤独のオレリー〉行方不明！　今どこに？

――ルロワの傑作、収蔵美術館から消失。人類の財産が失われる。

センセーショナルな見出しに飾られた記事が世界中を飛び交い、多くの人々が〈孤独のオレリー〉の行方に注目した。「組織的な窃盗《せっとう》団による犯行なのでは？」「犯人から当局に対して、絵画を人質にした身代金の要求があるのでは？」という見方もあったが、いつになっても、犯行声明も身代金要求もない。

「〈孤独のオレリー〉が盗品だということは、誰もが知るところとなっています。ですから、この作品が公に別のところで展示されることは、もうありません。闇ルートで販売され、資産家や愛好家が個人でこっそりと収蔵、愛好されることになるでしょう」

専門家がそのような意見を述べた約一年後──〈孤独のオレリー〉が発見されたというニュースが全世界を駆けめぐった。

〈孤独のオレリー〉が発見されたのは、最初に絵が見つかったウェールズからも、作者であるルロワの故郷フランスからも遠く離れたアメリカだった。闇ルートのマーケットから購入したというコレクターが自宅で所持していることが発覚し、絵が押収されたのだ。〈孤独のオレリー〉の価値は一億ドルともいわれていたが、そのコレクターが購入した際の金額は、一千万ドル程度だったという。盗品ゆえに買い手がつかず、破格の金額で売られたのだと予想された。

押収された絵画はすぐさま専門機関に持ちこまれ、入念なチェックを受けた。結果、絵に汚れや破損はなかったが、重大な事実が判明した。アメリカで見つかった〈孤独のオレリー〉は、精巧に作られた贋作《がんさく》だったのである。

──〈孤独のオレリー〉、本物はいまだ行方知れず。

──まさかの贋作！　名画はどこへ!?

今度はそんな見出しが飛び交って、多くの人々の興味を引いた。

そしてその後、事件はさらに人々を驚嘆させる局面を迎えた。なんと、世界各地で次々と〈孤独のオレリー〉が発見、押収され、そして、それらすべてが贋作と鑑定されたのである。

すべての贋作は、鑑定の結果、同一人物の手によるものと断定された。贋作を購入した者たちの多くは熱狂的な美術コレクターで、「他人に見せずに自分だけで楽しむために購入した」と証言した。彼らの証言から贋作の出所を突き止めることはできなかったが、ひとりの専門家が、ある見解を口にした。

「もしかしたら、ですよ？〈孤独のオレリー〉を盗んだ犯人の目的は、これだったんじゃないですかね？『これ』っていうのは、つまり、大量の贋作を世に出回らせることですよ。本物が存在しない状態を作り出せば、『今、闇マーケットに出回っている〈孤独のオレリー〉は本物かもしれない』と思いこむ人間が現れる。そういう人間に、贋作の〈孤独のオレリー〉を売りつけるんですよ。購入者は、自分が〈孤独のオレリー〉を所有していることは言えませんから、売るほうは、いろいろな人に〈孤独のオレリー〉の贋作を売りつけることができます。一枚一枚に高値はつけられなくても、数が大量となれば、相当な金額になるはずです。もしかしたら本物の一枚を売るよりも……。そして、本物は手元に残りますからね。
ただ一点、疑問があるんです。たとえ贋作といえど、制作にはそれなりの時間がかかります。〈孤独のオレリー〉が公開されてから数ヵ月、そして盗まれている期間の一年を足しても、そんなに大量の贋作を作ることなど不可能だと思います。もしかしたら、〈孤独のオレリー〉は、もっとずっと以前に発見されていたにもかかわらず、その事実は隠されていた——なんていうことはないでしょうか。そして、その間に大量の贋作が作られ続けていたのだとしたら、つじつまは合うのですが……」

（作　桃戸ハル、橘つばさ）

天国へ行く男

『パパがタイホされて、けいむしょにはいって、ほんとうによかった。』

刑務所の中で一人の男が絶望していた。

手に持っているのは、彼の娘からの手紙だった。妻からの手紙と一緒に、封筒の中に入っていたものだ。まだ小学一年生の娘の、幼い字でつづられた言葉は、男にとってあまりに残酷なものだった。

——俺が逮捕されてよかった？

手紙の内容が、男には信じられなかった。

刑務所に入る前は、いつも「パパ大好き」と言ってくっついてきた娘が、こんなことを書いてよこすなんて。

——まだ小さな娘が、「ちゃんと更生してほしい。だから刑務所に入ってよかった」と思ってこの手紙を書いたとは思えない。俺がいないほうがいいのか？　悪いのは俺だ。でも……。

悲しみだけではない、言いようのない感情が、男の中で渦巻いた。

——娘は犯罪者である父親なんて、いないほうがいいと思っているのだろうか。罪をつぐなえば、また妻や娘との暮らしをやり直せると思っていたのに……

しかし、同時に、それも仕方ないことかもしれないという、あきらめにも似た気持ちが、男の中にはあった。

男が刑務所に入ることになった原因は、まったく自分勝手なものだった。ギャンブルにはまり、勤める会社の金に手を出してしまったのだ。そんなことをして、家族にどれほどの迷惑がかかるか、考えられないわけがなかったのに。

案の定、横領はやがて露呈し、男は逮捕された。弁済による金銭的な負担はもちろん、事件がニュースで報じられたこともあり、男の妻と娘は周りから白い目で見られただろうし、どれほど苦しんだかもわからない。

住み慣れた町から、自分たちのことを知る人がいないところへ引っ越したことで、娘も転校しなければならなかった。元の学校には、友だちもたくさんいたはずだ。娘に恨まれたとしても当然だろう。妻が離婚せずにいてくれることのほうが奇跡だ。

結婚してからの男は、家族に対する愛だけは偽りのないものだと考えていた。しかし、ギャンブルにはまってからは、どうだったろう。男は家族に隠れて賭け事に興じていたが、「仕事がある」などと嘘をついて、だんだん家族の時間よりギャンブルを優先するようになっていった。大きく負けた日には、態度が不機嫌になることも少なくなかった。

もしかしたら、そうやって家族をないがしろにする男に、娘はとっくに愛想をつかしていたのかもしれない。だから、「捕まってよかった」と言うのだろう。

思い出の中の愛らしい娘の笑顔が、いくつも男の頭に浮かんだ。娘はもう自分に、あんな顔を向けてはくれないのだろうか。

娘の手紙とともに届いた、妻からの手紙は簡単なもので、今度娘と一緒に面会に行くと書いてあった。刑務所に入ってから、娘が男に会いに来るのは初めてだった。引っ越しなどのバタバタで、なかなか来ることができなかったのだという。

久しぶりに娘に会える。本来なら、嬉しくてたまらないことだ。けれど、娘からの手紙を見て、男の心はすっかり暗い気持になってしまった。面会に来る娘は、自分にどんな表情を向けるのだろう。

「ねぇ、パパもいつか死んじゃうの?」

かつて、男は娘にそう尋ねられたことがあった。

たしか、人魚姫の絵本を読み聞かせた時だっただろうか。最後、泡になって消えてしまう人魚姫の姿から、娘は自分や周りの人の「死」について連想したのだ。

「そうだね。パパもずっとは生きてはいられないな。いつかは天国に行くんだよ。そしたら一緒にはいられないけど、パパはいつも見守っているから……」

それを聞いて、娘は泣きそうな顔になって男にしがみついた。

「そんなのやだぁ! パパ、どこにもいかないで!」

眠れない。刑務所の布団の中で、男はそんなことを思い出していた。

ギャンブルに手を出す前の、幸せな記憶……。

あの時の娘は、「どこにもいかないで」と男にしがみついた。しかし、今の娘は、男がいなくなって、よかったと思っている。

——すべては自業自得だ。俺は自らの手で大切なものを壊し、失ってしまったのだ。

男はふたたび目を閉じたが、やはり眠りにつくことはできなかった。思考がぐるぐるとめぐって、嫌な考えばかりがあふれ出してくる。

もしかしたら、面会に来るのも、妻が「離婚して、娘と一緒に新しいスタートを切りたい」という話をするためかもしれない。

強烈な不安と孤独感に襲われて、暗闇の中、男は思わず身を起こした。

このまま家族に見放されるなら、自分は何を希望に罪をつぐなえばいいのだろう。

もしそうなったら、生きる意味などあるのだろうか。

男は自分が情けなくて、もう、消えてしまいたいような気持ちだった。

——家族に見捨てられるくらいならいっそのこと……。

泡になった人魚姫のように、この世から……。そんな考えが、一瞬、男の頭をよぎった。

何を馬鹿なことを考えているんだと、男は頭を振った。

——俺は、家族がいるから罪をつぐなうのではない。罪を犯したから罪をつぐなうのだ。

しかし、本当に馬鹿な考えだろうか？　本当のところ、そのほうが、妻も娘もスッキリするかもしれない。

自分などいなくなったほうが、妻と娘も、気兼ねなく、新しい生活に進めるのではないか。

男の思考は、どんどんと深みにはまっていった。今消えてしまえば、妻や娘と顔をあわせずに済む。一度会ったら、消える覚悟がゆらいでしまうかもしれない。それに、面会の後で自分に何かあったら、妻や娘も気分が悪いだろう。

男は気づくと、暗闇をじっと見つめていた。

妻と娘が来るのは明日だ。今夜しかない――。

翌日、男の妻と娘が、面会室で、男が来るのを待っていた。

案内されて、少し経つが、なかなか男がやってこない。

もしかしたら、何か面会ができなくなるようなことが、起こったのだろうか――？

その時、面会室の扉が開いた。

ふだんよりいかめしい、刑務官の顔が見える。

そして、ゆっくりと、その刑務官に連れられた男が入ってきた。体に変わった様子はないが、ずっとうつむいている。

男は、情けない気持ちでいっぱいだった。結局朝まで、眠らずに過ごしたが、自らの命を捨てることはできなかった。

そのくせ、妻や娘に会う覚悟もできなくて、面会室に来るまでの間も、ずいぶんぐずぐずして、刑務官が不機嫌になるほど、遅い足どりになってしまった。

男は、死刑の執行を待っているような気分だった。自分のことを、妻や娘が恨み、見捨てる。この面会で、それが決定的になるかもしれない。もはや邪魔者でしかない父親に対して、娘はどんな顔で、どんな言葉を言ってくるのだろう。

男には、顔を上げて、家族の顔を見る勇気すらなかった。

そして、次の瞬間、面会室に娘の声が響いた。

「パパ！　私、パパにずっと会いたかった！」

思わず男は顔を上げた。そして、目に入ったのは、あの頃と同じ、屈託のない、娘の笑顔だった。何がなんだか、男にはさっぱりわからなかった。娘は男との再会を、本当に喜んでいるようだ。

――じゃあ、どうして、あんな手紙を送ってきたのだろう。

「お前、でも、パパが刑務所に入ってよかったって言ってただろ？　あの手紙で……」

とまどいながら父が聞くと、娘は笑顔のままうなずいた。

「うん、だって、悪いことをしたから、けいむしょに入ったんでしょ？」

「お父さんが悪いことをしたのが、うれしいの？」

「だって、そしたらパパ、天国に行かなくてすむでしょ？」

娘の言葉に、男はハッとした。娘は続けて言った。

「前に、言ってたよね。パパもいつか、天国へ行っていなくなっちゃうんだって。でも、『悪いことをしたら、天国へは行けない』って、お友だちが言ってた。だから、パパ、もう天国へは行けないんでしょ。タイホされて、しばらくは別々に暮らさなきゃいけないけど、もどってきたら、これでずっと一緒にいられるね！」

幼い娘は、「死」と「天国へ行く」という比喩について、まだうまくわかっていなかったのだ。「天国へ行けなくなる」ということは「死んでいなくなることもない」のだと思い込んで、男が戻ってずっと一緒に暮らせる日々を夢見て、安心して楽しく過ごしていたのだ。それが、あの手紙の真相だった。

──娘はまだ、俺のことを、好きでいてくれた。

今まで以上の激しい後悔があふれ出した。これほど、純粋で素直な娘に、自分はひどい苦労をかけるようなことをしたのだ。

パパ宛ての手紙だからと、娘は手紙を妻に見せなかったらしい。妻は娘の書いた文面を聞いて驚いていたが、「早くまた家族一緒に暮らせるといいね」と、男と娘に微笑んだ。

こんなすばらしい家族を、自分はないがしろにしてしまった。

妻や娘に嫌われていると思った時、男は心が痛んだ。しかし、妻や娘がまだ自分を愛してくれると知って、心はもっと強く痛んだ。

逮捕されてから、男は自分の行いをずっと反省していたつもりだった。しかし、本当に深いところで、まだ、どこか自己弁護するような、甘えた気持ちが残っていた。

この時になってようやく、男は心の底から、自分の行いを恥じ、もう二度と、同じことを絶対に繰り返しはしないと決意することができた。

（作　桃戸ハル）

悪党

——正直に生きるのは、もうやめた。馬鹿を見るばかりじゃないか！

心の中で、そんなことを強く思いながら、寒空《さむぞら》の下を男が歩いていた。

ぐぅっと腹が鳴る。ここ二、三日、ロクなものを食べていない。

男は個人で事業をしていたが、もともと上手に商売ができる能力もなければ、商売に向いた性格でもなかった。周りの人間から、あれこれとつけ込まれ、気づけば金をすっかり奪い取られて、借金だけが残った。

男は正直でまじめに、そして、できるだけ他人に親切に生きてきたつもりだ。しかし、その結果、食うにも困る、こんなみじめなことになっている。

その一方で、都合のいい嘘をつき、人を騙して生きているような人間が、金持ちになってのうのうと暮らしているのが、この世の中だ。

——俺もこれから、もっとうまく生きる。自分が得するためなら、他の誰かが泣いたって構うものか。まじめや正直さなんて、クソくらえだ。そうだ、俺は悪党になるんだ！

男の決意は固かった。

とはいえ、そのためには、何をどうすればいいのか。ずっと正直に生きていた男だから、具体的なことは何も思いつかない。

とにかく今は、今日の飯を食う分の金だけでも、何とかしなければならない。しかし、朝からいろいろと金策に回ってみたが、すべて無駄足で終わってしまった。

歩きながらため息をついた時、ふと男は道に黒い財布が落ちているのを見つけた。

誰かの落とし物だろう。男はあたりを見回した。男以外に人気のない、路地裏のひっそりとした道だ。

落とし主は、もうどこかに行ってしまったに違いない。男は財布を拾って、開いて中を見た。どこにでもあるような平凡な財布で、何枚かのカード類が入っている。その中には、持ち主の連絡先がわかるものがあるかもしれないが、そんなものを見るつもりはない。なぜなら悪党になった俺に、この財布を交番に届けるつもりはないからだ。財布には、一万円札がきっちり十枚、十万円が入っていた。

思ったよりも大金が入っていたことに男は驚いた。驚いたとたん、先ほどの決意が消し飛びそうになった。早く交番に届けたほうがいいかもしれない……。

そう思って、交番のほうへ足を向けたが、そこでピタリと立ち止まった。

男はふたたび、あたりを見回した。相変わらず道に人気はなく、いるのは男ただ一人だ。

――この金をネコババしても、誰にも気づかれないんじゃないか？

そんな考えが浮かんで、男は胸の中がざわざわするのを感じた。

――誰も見ていない。防犯カメラがあるような道にも見えない。中身さえ抜き取ってしまえば、この金が誰のものかなんて、誰にもわからないはずだ。

そう思うと、まるでこの財布は、自分を助けてくれるために、神様が準備してくれたもののように思えてきた。

これまでの男だったなら。決して落ちていた財布を盗むような真似はしなかっただろう。しかし、今の男は違う。

――俺は悪党になると決めたんだ。こんな金をネコババすることくらいできなくてどうする。馬鹿正直に交番に届けて、また空腹で苦しむのか？　これから先の人生も、損する生き方の正直者でいるのか。それとも、生き方を変えて悪党になるのか。

さっき、そう心に誓っただろ！

そう決意してもなお、男は財布を握りしめ逡巡《しゅんじゅん》した。しかし、いつまでもここで立ちすくんでいるわけにはいかない。今にも誰かが通りかかるかもしれないのだ。

――他に金のあてもないくせに、こんなチャンスを逃してどうする。神様がくれた絶好の機会を無駄にしてどうする!?

とうとう男は、財布を握りしめて、そのまま走り出した。財布を拾ってから、ずっと誰かに見られているような視線を感じたからだ。

路地裏の道を抜けて、大通りに出たところで、男はようやく足を緩めた。

とにかく、この財布は持っていたくない。必要なのは現金だけだ。男は中から紙幣だけを抜き取ると、財布をコンビニの袋の中に入れて、さりげなくゴミ箱の中に投げ捨てた。財布の持ち主のことを知ろうとは思わなかった。知ってしまったら、悪党にはなれないとも思った。

――これでもう、この紙幣と、元の持ち主をつなぐものは何もない。

しかし、悪党になった男の心臓は、激しく脈打っていた。走ったせいもあるがそれ以上に、慣れない悪事を働いて、精神が高ぶっていた。

――もうこれで、善人には戻れない。

男は警戒するように、キョロキョロと周りに目を配る。

——まだ視線を感じるが、それは、単なる罪悪感だ。大丈夫だ。不安になるな。俺が金を盗んだなんてわかるヤツはいやしない。金は俺のものだ。罪悪感を捨てろ！

そして男は、自分が空腹だったことを思いだした。まずは飯を食おう。どこだってかまわない。男は目についた中華料理店に飛び込んだ。

男はひどく興奮していて、頭がうまく回らなかった。メニューを出されたが、ごちゃごちゃ難しい漢字で書かれていて、何が何だかわからない。炒飯《チャーハン》もラーメンも何種類もあって、違いがわからない。

とうとう男は、店員に財布から出した一万円を押しつけるように渡して言った。

「何でもいいから、この金で食べられる料理をコースで持ってきてくれ!!」

ふだんの男ならそんな乱暴な注文の仕方はしない。しかし、今の男は冷静さを欠いて、ひどく気が大きくなっていた。

男がようやく落ち着いてきたのは、運ばれてきた料理を無我夢中で食べて空腹がおさまってからだった。

——俺は変わった。もう損ばかりするお人好しじゃない。今回のことで踏ん切りがついた。俺は本物の悪党になったんだ！

そんなことを思いながら店内を見渡した男は、ギョッとした。

店員が男のほうへ視線を向け警察官と話をしているのだ。

もしかして、ネコババのことがバレたのだろうか？　そんな馬鹿な！

「落ち着け！」と、男は自分に言い聞かせた。あの一万円札が、拾った財布から盗んだものだなんて、わかるわけがない。堂々としていればいいのだ。

「すみません、ちょっと、おうかがいしますが……」

警官は男に言った。

「先ほどお店に支払った一万円札は、あなたのお金で間違いありませんね？」

男はドキリとしたが、それを顔には出さず、軽く微笑んで答えた。

「ええ、もちろん。あれは私のお金ですが……」

男がこう言えば、それを否定できる証拠などないのだ。

警官は男の顔をじっと見つめた。やがて、警官はうなずいて口を開いた。

「わかりました……それでは、署までご同行願います。偽造通貨行使の罪で、あなたを現行犯逮捕します」

男は耳を疑った。偽造通貨？　まさかあの拾った金が、偽札だったということか。

店員が遠巻きにこちらを見ている。男が最初に渡したお札を見て、何か違和感を覚えて通報したのだろう。

「い、いや、違います。そのお金は、俺のじゃなくて、拾ったんです！」

男はあわてて弁明したが、警官は首を振った。

「あなたはハッキリ言いましたよね。『私のお金』だと……」

男は頭が真っ白になって、それ以上何も言えなかった。


結局男は、その後、警察で取り調べを受けた。捜査の結果、男が通貨の偽造に関わっていないことがわかり、知らずに拾ったお金を使っただけということで、不起訴となった。

男が警官から聞いた話によると、わざと拾って盗みやすいような場所に財布を落とし、それを持って行った者に偽札を使わせ、偽札がバレずに通用するかを確認しようとする犯罪者たちがいるらしい。

財布を拾ったときから感じていた誰かの視線は、「自分の罪悪感」などではなく、本当に誰かに観察されていたのだろう。

偽造通貨を使うという危険を自分たちで犯さず、わざと偽札を落として誰かに使わせて、偽札だということがバレるかを観察するなんて……。

悪党になれば、楽をして得ができると思っていた。しかし、実際は、悪党になっても、さらなる悪党に利用されるだけなのかもしれない。

とてもそんな悪党のだましあいに、自分はついていけない。仮に損をすることになっても、まじめで正直な世界を歩いていきたい、と男は思った。

落ちていた財布から現金を抜き取るとき、「神様がくれたチャンス」と、男は考えた。

正直者でいるか、悪党になるかの分岐点で迷う男を、まっとうな道で生きると強く決意させたという意味では、たしかにその財布は、神様がくれたチャンスだったのかもしれない。

（作 桃戸ハル）

殺人許可法

「12番の番号札でお待ちの方、3番の窓口へどうぞ」

昼下がりの市役所。待合席で待っていた私は立ち上がった。

——ついにこの時が来た。

指定された窓口へ進み、市役所職員と向かい合う。

私は乾いた唇をなめて、思い切って言った。

「……ある男を殺したいんです。私の父を、死に追い込んだ男です」

私の言葉を聞いた職員は、にこりと微笑んで答えた。

「かしこまりました。殺人許可の申請ですね？」

『殺人許可法』——通称・復讐法。ついに、この法律が施行された。

もちろん、どんな殺人でも対象になるわけではない。主に殺人被害者の家族（夫またはは妻あるいは、二親等以内の家族）のみが、逮捕されていない加害者に対して執行できる権利である。

「被害者家族の遺族感情」と、いつまで人員を割いて捜査を続けるかという「時効」の問題から、この『殺人許可法』が国会で正式に可決され、施行に至ったのだ。

この法律が通称「復讐法」と呼ばれるのはそのためである。

江戸時代に、「復讐」が正式な制度であったことが、この法律が認められた一因ともなったという。

申請せずに復讐を果たせば、それは単なる殺人で、殺人罪として刑に処されるが、きちんとした手続きで事前に申請して、理由が認められ許可さえ受ければ、他人を殺しても罪に問われない。

もちろん、この法律には、いまだに強い反発がある。しかし、私には、『殺人許可法』は、神が差し伸べてくれた救いの手に他ならなかった。

私には、殺さなくてはならない相手がいるのだ。


私の父は、誠実さだけが取り柄の経営者だった。多少強引なところはあったが、家族と社員のため、毎日必死で働いて、事業を順調に大きくしていた。

しかし、それを快く思わない者がいた。ライバル会社の社長――石塚《いしづか》だ。

石塚の会社は、自分たちが有利になるように様々な根回しをし、競合する父の会社から、少しずつ仕事を奪い取っていった。

やがて、父の会社は経営難に陥り、倒産を余儀なくされた。

父は明るくふるまっていたが、相当追い詰められていたのだろう。

あの日、父が車で出かけるのを止めなかったことを、私はずっと後悔している。父の顔は心労でやつれ、弱っているのは明らかだった。

運転中の事故で、父は帰らぬ人となった。

父が死んだ原因は、過労による事故、あるいは突発的な自死だと処理された。その遠因に石塚による画策があったとしても、それは罪に問われるものではないと判断された。しかし、私には父が自ら死を選ぶとはとても思えなかった。石塚が何らかの手段で父を亡き者にしたに違いない。

会社はなくなり、私たち家族は苦しい生活を強いられることになった。さらに父が亡くなったショックで、元々体の強くなかった母も倒れてしまった。

私には、石塚を許すことは決してできない。父の仇を討たねばならなかった。そんなときに、殺人許可法が施行されたのだ。

「なるほど、わかりました」

私が殺したい相手、石塚との因縁《いんねん》を話し終えると、市役所職員はうなずいた。

「では、こちらが申請書になりますので……」

一枚の紙を差し出される。これから本格的に、人を殺すための手続きをするのだと思うと、私は少し緊張した。

「まずこちら、殺人許可の申請理由のところの『続柄』の欄の『父』に丸をつけていただいて、その他の必要事項を……」

いろいろと書く欄はあったが、最も大変なのは、「殺人を申請する理由と、その証拠」の欄である。ここには、石塚が父を殺した動機や手口を記さなくてはいけない。しかし、これはすでに時間をかけて調べ、別紙にまとめていた。欄には「別紙参照」と記入し、それを添付すればよい。約十分ほどで申請書の作成は終わった。人一人を殺す書類にしては、ずいぶん簡単なものだった。

私から申請書をにこやかに受け取り、職員がチェックを始める。

「申請のためには住民票の確認などの関係で、市民課でも簡単なお手続きが必要なのですが、そちらはもうお済みですか？」

私が首を振ると、職員は丁寧な口調で言った。

「では、一度、市民課の窓口のほうでも、お手続きをお願いいたします」

私は案内された方向に向かって、歩き始めた。


もう少し、もう少しで、憎いあの男を殺すことができる。

ただ歩いているだけなのに、私の鼓動はひどく速くなっていた。

証拠をつかんでいるなら、警察に逮捕してもらって裁判にかければいい、と思われるかもしれない。しかし、その方法は失敗していた。石塚は重要参考人になったらしいが、取り調べの結果、容疑者から外されたのだ。

実は「殺人許可法」を管轄しているのは、法務省ではなく、厚生労働省だから、警察や検察、裁判所とは異なる判断で審査される。

それほど恨んでいるなら、わざわざ許可などとらず、自身の正義で動けばいい——そう考える人もいるだろう。

しかし、私の父は、私たち家族は、あの男のせいで、すべてを失ったのだ。その上、仇を討つことで、さらにこちらが刑を受けなければならないなんて、納得できることではない。

それに、向こうは曲がりなりにも、それなりの会社の社長であり、周りに人も多く、家やオフィスのセキュリティも甘くはない。

私のような、もはや社会的な地位も力もない、若い女が一人、強硬手段で立ち向かったところで、殺人を成功させられる可能性は高くないのだ。

しかし、殺人許可をとれば、話は違う。

石塚を殺すことは私の権利となり、それを妨げるものを法的に排除することもできるようになる。もちろん、それでも、すべての障壁がなくなるわけではないが、許可を受けた殺人であれば、大手を振って協力者を募ることだってできる。

『殺人許可法』は、私が確実に石塚を殺すための、唯一の手段だと言ってもいい。

「お待たせしました。お手続きは以上です。殺人許可の申請にお進みください」

市民課での手続きを済ませた私は、殺人許可の申請窓口のほうへ、踵を返した。これでついに、石塚を殺す道が開ける——その時、対応してくれた市民課の職員が、私を呼び止めた。

「殺人許可の申請では、住民税の納付状況の確認もありますので、納税課のほうへも忘れずおまわりくださいね」

「あ、はい」

まだ他にも手続きがあるのか……。

「はい、ではこちらの書類にご記入いただいて……健康保険の関係もありますので、次は保険課のほうへおまわりください」

「え？」

「どうかしましたか？」

「あ、いえ……」

納税課で手続きをした私は、今度は保険課へ急いだ。早く申請を済ませて、石塚を殺す方法を具体的に考えたい。気持ちが焦って、やきもきした。

「……はい、大丈夫です。では次は福祉課のほうにお願いいたします」

保険課で手続きを終え、私は福祉課へ向かう。もはや私は走り出していた。早く、早く、あの男に復讐したい！

「年金課でのお手続きがお済みでないなら、先にそちらのほうからお願いします」

私は年金課に向かう。

「お手続きには、配偶者および二親等以内の家族のうち、現在生存している者の過半数の同意書とサインまたは印鑑と身分証が必要になります」

その書類は事前にそろえてあった。

「手続きが完了しましたので、福祉課にお戻りください」

再び福祉課へ行き、手続きをする。

「必要書類が足りませんので、もう一度、市民課へお願いします」

私は市民課へ走り、すぐまた戻ってくる。差し出された紙に、書きなぐるように必要事項を記入する。

「これで大丈夫です。では次は……」

「まだあるんですか⁉」

思わず私は、大声を上げてしまった。

窓口の職員が、キョトンとした顔をして私を見る。

あまりに窓口をたらい回しにされ続け、私はくらくらしてきていた。これが、石塚を殺すための申請でなければ、とっくにあきらめていただろう。私は訴えるように言った。

「どうしてこんなに手続きが複雑なんです⁉」

「人の命に関わる、大事なことですから、当たり前ですよね」

悪びれずに答える職員に、私は頭に血が上った。

しかし今は、父の仇をとるために、この申請だけは途中で投げ出すわけにはいかなかった。

市役所の中を歩き回って、棒になった足を引きずって、私は手続きを進めた。

——殺す！　絶対に石塚をぶっ殺す！

たらい回しにされればされるほど、そのいら立ちが石塚への憎しみとして燃え上がり、その憎しみが私の足を動かした。

さらにさんざんあちこちへ行かされた後、私はようやく殺人許可の申請のための窓口まで帰ってきた。とうとう終わった。これで何もかもうまくいくはずだ。

申請の最後のチェックをして、職員は私に言った。

「あ、これ、書類が間違ってますね。お父上の納税証明書、過去五年分ではなく、過去十年分が必要になります。平均納税額によって、復讐にかかる補助手当も違ってきますから。大変申し訳ありませんが、もう一度手続きのやり直しをお願いいたします。あと、地域サポート推進課でも別の手続きが……」

私は頭を抱えた。

それでも、なえそうになる心を奮い起こし、立ち上がる。あきらめるわけにはいかない。石塚を殺す許可だけは、何が何でもとらなくてはいけない。

しかし、私が手続きのやり直しをしに、保険課の窓口へ向かおうとした時、市役所の中に「蛍の光」のメロディが流れ始めた。

「本日の各課窓口での受付時間は終了になります。手続きが必要な方は、また明日のご来所をお待ちしております……」

アナウンスを聞いて、私は思わず叫び出しそうになった。


結局、その次の日の朝、もう一度市役所に行って、私は殺人許可の申請をやり遂げた。そう、やり遂げたのだ。あのあまりに複雑で面倒な申請を……。

市役所から、通知が届いたのは、それから、だいぶ経ってのことだった。

『××様の申請していた殺人を許可します』

封書を開けて、その一文がまず目に飛び込んで、私は通知書を握りしめた。

――ついにこの時が来た。

と、私は思った。

「どうしたの？　何の手紙？」

その時、そばにいた男から声をかけられて、私は身を強張らせた。

私のそばで優しく微笑んでいる男――私の夫だ。

市役所からの通知が届いたのは、申請からだいぶ経ってのことだった。

殺人許可の申請をしたのは、今から三年も前のことなのだ。

申請するのもひどく手間がかかったが、まさか審査にそれほどの時間がかかるとは思ってもいなかった。この三年の間に、私は多くの人に出会い、多くの経験をした。

その月日に思いを馳せ、私は、自分のお腹をなでた。そこには今、私と夫の二人目の子どもの命が宿っている。

――ついにこの時が、来てしまった。

許可が下りた今、私は合法的に石塚を殺すことができる。三年前、確かに私は石塚に激しい殺意を抱いていた。しかし、今は……。

結婚し、一年前には長女も生まれた。実は家庭を築いてから、私は、ずっとこの通知が来るのを恐れていた。

法的に問題がなくとも、自分の妻、自分の母親が人を殺めた、となったら家族はどう思うだろうか？　いくら恨んでいる相手とは言え、人を殺めた手で、私は胸を張って、我が子を抱き育てることができるのだろうか。

法律が殺人を許しても、今では私が、それを許せなくなってしまっているのだ。

私はしばらく通知書を見つめた後、それを破り捨てた。

「ううん、何でもない。どうでもいい手紙だったわ」

振り返って、私は夫に微笑んだ。

『殺人許可法』はその後、「復讐」だけでなく、「怨恨」「痴情のもつれ」「金銭トラブル」「抗争」にまで対象範囲が広がった。しかし、法律施行後、実際の殺人件数は大幅に減少傾向にあるという。

そして最近、新たに、「公務員のサービスへの不満」という項目が加わった。市役所の窓口の対応にキレた人間が職員に殺意を向けることに対応したものだという。

（作　森久人）

檸檬と桜

街を歩いていると、向こうから友人が歩いてくるのが見えた。

その友人は、小説を書いている男で——彼が書いている作品を、「詩みたいだ」と思うものの、その価値は、自分のような凡庸な感性ではまったく理解できていなかったのだが——僕は、彼のことが「人」として大好きだった。

その彼が、何かから逃げるように、背を丸めながら早足でこちらに向かってくる。顔を見ると、目はうつろで、肌には血の気がない。

僕は彼に声をかけると、心配になって事情を聞いた。最初、彼は下を向いたまま黙っていたが、おもむろに顔を上げ、はっきりと僕に言った。

「本屋に爆弾をしかけてきた」

その言葉に僕は、大きな衝撃を受けた。彼の様子からも、その言葉に嘘はないだろう。だが、「爆弾をしかけた」ということもさることながら、その犯人が彼であることが、にわかには信じられなかった。

彼は芸術家だけあって、とても繊細《せんさい》な心の持ち主である。

彼がどのような理由で本屋に爆弾をしかけるに至ったのかはわからない。しかし、爆発によって引き起こされる惨事に、彼の心が耐えられるとは、とうてい思えなかった。それほど彼は優しい性格をしていた。

――この男を犯罪者にしてはいけない。

僕は、作家としての彼の価値は、よくわからない。しかし、人としての彼のことは知っている。彼を失うわけにはいかなかった。

脅すように、どこの本屋の、どの場所に爆弾をしかけたのかを彼から聞き出し、僕はその本屋へと急いだ。彼は、「美術書の棚に爆弾をしかけた」と言っていた。「爆弾は、大きなものではないが、黄色いからわかるだろう」とも。それ以上は、何もしゃべってはくれなかった。

息を切らして本屋に到着すると、美術書の棚の一角に、無造作に積み上げられた本があった。そして、その本の上には、一個の檸檬が置かれている。それは機械じかけなどではない。本物のみずみずしい紡錘形の檸檬だ。

僕は、一安心するとともに、爆弾に見立てられた檸檬を見つめながら考えた。彼はこの爆弾で何を壊したかったのだろう。そして、詩人の魂をもつ友人が、繊細がゆえに感じるこの世界の生きづらさ、息苦しさを思わずにはいられなかった。

＊　　＊　　＊

僕の中で「檸檬爆弾事件」と名づけている出来事以来、なかなか会う機会がなくなっていた友人を花見にさそったら、珍しく「参加する」という返事をもらうことができた。

僕は、あのことがあっても友人をうとましく思うことはなかったが、友人のほうが、あまり人と会わなくなってしまったのだ。

もともと繊細な感性の持ち主だから、特に花見の宴席などは苦手なのかもしれないし、病に罹患したとも聞いていたから、他人に病気を伝染《うつ》すことも気になってしまっていたのだろう。

これまで、何度花見にさそっても乗り気にならなかった友人が、参加してくれている。桜の樹の下で笑顔でお酒を飲んでいる友人の姿を見て、僕は無性にうれしくなった。

私を花見にさそってくれた友人は知っているのだろうか。この桜の樹の下に何が埋まっているのかを。

＊　＊　＊

──桜の樹の下には、屍体《したい》が埋まっている。

そうでも考えないと、桜の花があんなにも見事に咲く理由がない。私は、桜のあの美しさが信じられなかった。しかし今、ようやくわかった。桜の樹の下には屍体が埋まっているのだ。

これまで、私は桜の美しさが信じられなかったから、不安になり、憂鬱になり、空虚な気持ちになった。しかし、爛漫《らんまん》と咲き乱れている桜の樹の一つひとつの下に屍体が埋まっていると想像してみると、すべてに納得がいく。

馬のような屍体、犬猫のような屍体、そして人間のような屍体、屍体はみな腐乱して蛆《うじ》がわく。それでいて、水晶のような液を、たらたらとたらしている。桜の根は蛸《たこ》の足のように、それを抱きかかえ、いそぎんちゃくの食糸のような毛根を集めて、その液体を吸っている。

何があのような美しい花弁を作っているのか——それは毛根が吸い上げる水晶のような液だ。そのことがわかって、私は桜の花の美しさの理由を知った。私は、ずっと私を不安がらせていた神秘から自由になった。

二、三日前、私は谷で、水のしぶきの中から生まれ、空をめがけて舞い上がるうすばかげろうを見た。彼らは、これから美しい結婚をするのだろう。そして、しばらく歩いていると、私は河原の小さい水たまりの中に、石油を流したような光彩が一面に浮いているのを見た。それは、何万匹とも数のしれない、うすばかげろうの屍体だった。隙間なく水面をおおっている、かげろうの翅《はね》が、光にちぢれて油のような光彩を流しているのだ。そこは、産卵が終わった彼らの墓場だった。

私はそれを見たとき、胸がつかれるような気がした。そして、残忍なよろこびを味わった。

——ああ、桜の樹の下には屍体が埋まっている!

いったいどこから浮かんできた空想かさっぱり見当のつかない屍体が、今はまるで桜の樹と一つになって、どんなに頭を振っても離れない。

今こそ私は、あの桜の樹の下で酒宴をひらいている人たちと同じ権利で、花見の酒を美味しく飲めそうな気がする。

美しい桜の花を見て複雑な笑みを浮かべる友人を見て、彼が、ただ酒席の楽しさに顔をほころばせているのではないことは容易にわかった。

＊　＊　＊

しかし、それでもいい――。

僕には彼が書く詩のような文学の世界のことは理解できない。彼のあふれるばかりの想像力が、彼をどれほどこの世界に居づらくさせているのかもわからない。彼を見ていてはじめて「想像力」が人生を豊かにするだけのものではなく、懐に忍ばせた刃物のように、自分を傷つけてしまうこともあるものだと知った。

でも、彼がどのような感性であれ、この世界に美しさを見出し、そして笑っていられるなら、それでいい。僕は、友人のささやかな、しかし誰にも邪魔することのできない幸せを強く願った。

（原案　梶井基次郎「檸檬」「桜の樹の下には」　翻案・構成　蔵間サキ）

感染症時代のプロメテウス

その感染症による死者数は、とうとう全世界で五億人を超えた。

南半球のとある国が発生源とされるその感染症は、爆発的な感染力をもつ未知のウイルスによるものだった。感染者の出す飛沫《ひまつ》を吸いこむ「飛沫感染」や、ウイルスの付着した手で目や口や鼻に触れたりする「接触感染」によって、一人の感染者があっという間に多数の人間を感染者にしてしまう。

しかも、このウイルスは物質の表面に付着した状態で一週間以上も生存することができたため、「人から人」だけでなく、「モノから人」へも感染することが判明した。そのため、交通網や輸送ネットワークが発達した世界において、感染者数はねずみ算式に増えていった。

そして、この感染症の最大の脅威は、その致死率であった。ひとたび感染、発症すれば、治療法はなく、致死率は狂犬病なみ——つまり、ほぼ百パーセントであった。

よって、発症した者は、「感染拡大を防ぐため」という理由で、政府が設けた専門施設に隔離されることになる。しかし、治療のすべがなく、致死率百パーセントといわれるウイルスに侵された者にとって、その専門施設に隔離されることは、棺桶に入るのと同義だ。

さらに恐ろしいことに、このウイルスは感染者が亡くなったあとも猛威をふるい続ける。感染者が亡くなってからも——つまり、遺体になってからも——周囲に対する感染力が変わらないのだ。そのため、遺体は即座に火葬されることになる。遺族は、遺体となった家族と最後の別れをすることさえ許されなかった。

はじめのころは、火葬は滞《とどこお》りなく行われていた。しかし、ウイルスによる死者数がとんでもないスピードで増えてゆき、各地の火葬場はすぐにパンク状態になった。しかも火葬場には、死因がウイルスではない——それ以外の病死や老衰死、事故死などの遺体も運びこまれる。火葬の順番待ちをする「待機遺体」は増える一方で、感染症死者を迅速に焼却処理する政府の施設も設置されたが、状況は悪化する一方だった。

ウイルスで亡くなった人々の遺体が世界中のあちこちで渋滞を起こし、その遺体がまた新たな感染源になるという恐怖の悪循環を想像し、全世界が震え上がった。

＊　＊　＊

とある科学者もまた、この凶悪なウイルスによって人生を壊された一人だった。科学者は厳重な衛生環境におかれた研究施設でほとんどの時間を過ごしていたため、自身が感染することはなかったが、彼の妻がウイルスの毒牙に倒れた。

感染が確認された妻は、ほかの感染者と同じように専門の施設に隔離された。科学者が研究所に寝泊まりしている間に感染したらしく、「今までありがとう」というメッセージだけが妻から送られてきた。もちろん、面会が許されるわけもない。そして、その五日後には、妻が収容施設で死んだということを、施設の人間からの事務的なメールによって、科学者は知らされた。

当然、科学者は妻の死に目にも、妻の遺体にも、会うことはできなかった。最後に妻の顔を見たのはいつだったか、最後に交わした言葉はどんなものだったか、悲しいことに、科学者は思い出せなかった。

——ウイルスを撲滅《ぼくめつ》するために研究に没頭していたのに、一番大切な妻を守れなかったどころか、苦しいときにそばにいてやることさえできずに、ひとりで死なせてしまうなんて……！

科学者が、そんな後悔の日々を送っているところに、マニュアルどおりに火葬され、小さな骨壺に入れられた妻の遺骨だけが届いた。

「そばについててやれなくて、ごめん……。助けてやれなくて、本当にごめんな……」

骨壺を抱えて、科学者は研究所の隅にうずくまり続けた。三日、一週間、十日と経ち、後悔と絶望でありとあらゆる感情が摩耗《まもう》したころ、ようやく科学者は、これからの人生にひとつの目標を見出した。それはさながら、カラカラに乾いた畑に、小さな植物がひとつ芽吹くように。

「こんな現実、あんまりだ。愛する人の死に目にも、死んだあとにも会えないなんて……会えたときには、乾いた骨になってるなんて、残酷すぎる。もう一度、妻に会いたい。俺と同じ思いをしている人が、世界中に、ごまんといるはずだ。俺は科学者として、その人たちの心を救う。この遺された骨から死者を復活させる研究に、残りの人生を捧げよう」

科学者は理不尽に妻を奪われた悲しみを振り払うように、研究に没頭した。遺骨から死者をよみがえらせるという研究は、神をも恐れぬものだ。それでも科学者は、たとえ自分が地獄に落ちることになろうとも、もう一度、愛する妻に会いたかった。

科学者は寝る間も惜しんで研究に没頭し——その間にも、ウイルスは猛威をふるい、死者数はとどまるところを知らなかった。そして数年後、ついにその技術は完成した。魚や動物の骨を実験に使って、サケやニワトリをよみがえらせることには成功している。この方法を使えば、蘇生させる人間は赤ん坊の状態ではなく、命を落とした当時の姿——体型や髪型や記憶までもが再現されるという確証が得られた。いよいよ、妻の遺骨で試すときだ。

「長い間、待たせたね。ようやく、また会えるよ」

科学者は、自宅で保管していた妻の遺骨を取り出すと、そこから特殊な方法でDNAを再生させた。小さな骨壺に納められていた遺骨をすべて使って、ようやく十分なDNAを得ることができた。今度はそのDNAを特殊な培養ポッドに入れて、まずは人間の基となる「胚」を発生させる。次は、そこから急速に全身の細胞を成長させていくのだ。魚の復活には、大きさによって二、三日。ニワトリで一週間以上かかった。構造がより複雑な人間となると、一ヵ月以上かかるだろう。

「神様、もう一度だけ妻に会わせてくれ……」

神をも恐れぬ行為と知りつつも、科学者が最後に頼ったのは神だった。

科学者が培養ポッドの隣でじれながら待ち続けること三週間――ポッドの中には、明らかに人間の形をした生命体が再現されていた。まるで、母親の胎内で眠る胎児のような状態だ。このあと、ポッドごと巨大な金属製の装置に入れるため、内部の様子は見えなくなる。あとは待つことしかできない。科学者は、装置の前でひたすら祈り続けた。

それから九日後、夕方になって、装置の稼働音が止まった。反対に、科学者の心臓が、バクバクと、科学者の胸骨を体の内側から激しく叩き始める。

――やっと、妻に会える！

科学者が装置を操作すると、扉がプシュゥと音を立てて、ゆっくりと開いた。隙間から、ドライアイスのスモークにも似た、白い煙がこぼれてくる。やがて、装置の扉と培養ポッドの扉が完全に開いたとき、煙の中にむっくりと人影が起き上がった。

「おおっ……！」

感動に打ち震える科学者の前で、煙が少しずつ晴れてゆく。そのあとに姿を現したのは、科学者が心から愛した女性、小柄でつややかな黒髪の美しい妻――ではなかった。

装置の中にぼーっと座っていたのは、大柄で太った、頭髪の薄い中年男だった。

科学者は見ず知らずの中年男を、呆然と見つめた。中年男のほうもワケがわからないといった様子で、科学者を見つめ返す。二人は、ほぼ同時に同じ言葉をつぶやいた。

「…………え？　だれ？」

滑稽に思えるほどの沈黙が、研究所にたちこめた。

＊　＊　＊

ウイルスによる死者数が激増の一途をたどり、民間の火葬場も政府の遺体処理施設も、とうにキャパシティの限界を迎えていた。焼却の順番を待つ遺体は、膨大な数にのぼった。きちんと対応しようとするならば、これ以上感染者が増えなかったとしても、遺体が骨となって遺族の手もとに帰るまで半年から一年はかかる計算になる。政府は対策を講じなければならなかった。

「これでは遺族が納得しない。発症して施設に収容された人間は、その後、一度も家族に会えないまま亡くなって、火葬されるんです。それだけでも遺族の感情は計り知れないというのに、『火葬場が混み合っているのでお待ちください、遺骨をお返しするまで一年ほどかかります』なんて、言えないでしょう。それに、遺族は遺骨を見て初めて、家族の死を現実のものとして受け入れ、気持ちを切り替えることができるんです。国民全員が悲しみに沈んだままでは、この国はウイルスに負けたことになりますよ。国民が前向きに生きるためには、一刻も早く、遺骨を遺族にお返しするべきなんです。たとえそれが、本当の家族の骨でなかったとしてもです」

この案を、政府は採用することにした。

最初のころと同じやり方では、膨大な数にのぼる「待機遺体」をさばききれない。そこで、大勢の遺体をいっぺんに巨大な溶鉱炉に入れて溶かすようになったため、あとには遺骨すら残らない。その施設における溶解葬は、あくまで「処理」であって、「葬儀」という趣からはほど遠いものであった。ランダムに選ばれた遺体だけが、遺骨用として、火葬されることになった。

つまり政府は、焼却施設がパンクしているせいで火葬できない死者の遺族には、他人の遺骨からその一部を取り出して、「あなたのご家族のお骨です」と送付することで、ある日突然に大切な人を失った者たちの喪失感を、少しでも軽減させようとしたのである。

せめて、「亡くなったご家族は無事に火葬されました」と、骨とともに知らされるほうがいいに違いない。それが、政府の下した決断だった。

＊　＊　＊

科学者は、自分の研究が失敗したのか、それとも別の理由によってこんなことになったのかさえわからなかった。いずれにしても、自分の想いは実現しなかった。遺骨はすべて蘇生のために使ってしまって、もう残っていない。科学者はズルズルとその場に崩れると、両手で顔をおおった。

「なぜ、こんなことに……？　妻は……俺の大事な妻は、どうなったんだ……？」

声を震わせる科学者に、装置の中から、「あのぉ……」と、見ず知らずの太った男が声をかける。

「とりあえず、何か着るものをもらえませんかねぇ」

軽やかに澄んだ妻の声を待ちわびていた科学者に、そのにごった声が、ふたたび絶望を突きつけた。

（作　桃戸ハル、橘つばさ）

アンソロジー

私は、某出版社で編集者として働き、今、短編ミステリーのアンソロジーを制作している。アンソロジーのテーマは「完全犯罪」。知り合いの作家たちに原稿を依頼すると、皆、喜んで引き受けてくれて、すばらしいクオリティの原稿が集まった。作家たちが書いてくれたのは、「絶対に許せない相手」を、いかに完全犯罪で亡き者にするか、という内容。犯人に同情するような「卑劣きわまりない被害者」、現実の警察も欺けそうなトリック。こんなにも質の高い作品が集まるとは思わなかった。

しかし、一点だけ気になることがある。すべての作品の被害者の描写が似ているのだ。容姿だけではなく名前も、口癖も。犯人に殺意を芽生えさせる、その口癖は、私が作家を奮い立たせるために言う、「あなた、それでもプロなんですか」であった。

（作　桃戸ハル）

空席
いよいよ始まるのか
The Orchestra
もう指揮棒を振らないのではとも言われていた、伝説的カリスマ指揮者によるコンサート
それは、「至高の体験」と称される
一年前からあらゆる手を尽くして手に入れたプレミアチケット
最高の特等席だ
開場時間になりました。チケットをお持ちの方はご入場ください

ザワ
ザワ
ザワ
空席…？
この特等席が？
どうして…
…
こんな席が空いているなんて
もったいないですよね
この席の主は来られなくなってしまったんですよ
ほう、知り合いの方ですか？

私の妻です
一緒にこの演奏会に来ることを楽しみにしていたんですがね
そうですか…
…よほど大切な用事だろうか？
しかし、この演奏会よりも大事なこととはなんだろう
……
このチケットを無駄にするような人間にこの指揮者のファンでいる資格はあるのだろうか
奥様はどうして来られなくなってしまったのですか？
妻は、今日という日を迎える前に死んでしまったのです
！
それは…大変失礼しました
いえ大丈夫ですよ

それならば
仕方ないか。
いや……
死んだ妻に
聴かせたいという
気持ちも分からない
ではないが、
それは老人の感傷だ
実際に死んだ人間が
音楽を聴くことは
できない
ならば、
知り合いの誰かに、
この至高の体験を
させるべきでは
ないだろうか？
それに、
「空席がある」なんて、
あの偉大な指揮者に
失礼なことだ
感傷だし、
老人のエゴだ
音楽を愛するなら、
一人でも多くの人に
この音楽を
聴いてもらうべきだ…！

やはり……
空席にする必要はないんじゃないですか？
あなたや奥さんの友人や親戚の方に声をかけて、この音楽を聴いてもらうことを、
奥様も望んだんじゃないですか？
いや……
今日は私の友人も親戚も、もちろん妻の友人も親戚も、用事があって来ることはできませんよ
聞いてはいませんが、分かります
なぜですか？
実は……
妻が死んだのはつい先日なんです
そして今日、妻の葬式が行われているんです

今頃、みな妻の葬儀に参列しているはずですから
パチ
パチ
パチ
パチ
パチ
パチ
パチ
〈終〉

本書は、学研から発行されている「5分後に意外な結末」シリーズからのセレクトで構成したものです。

|編著者| 桃戸ハル　東京都出身。あくせくと、執筆や編集にいそしむ毎日。ぢっと手を見る。生命線だけが長くてビックリ。『5秒後に意外な結末』『5分後に恋の結末』などを含む、「5分後に意外な結末」シリーズの編著や、『ざんねんな偉人伝　それでも愛すべき人々』『ざんねんな歴史人物　それでも名を残す人々』『パパラギ［児童書版］』の編集など。三度の飯より二度寝が好き。貧乏金なし。お仕事があれば是非！
X（旧ツイッター）：@momotoharu_off

5分後《ふんご》に意外《いがい》な結末《けつまつ》　ベスト・セレクション
空《そら》の巻《まき》
桃戸《ももと》ハル 編・著

講談社文庫
定価はカバーに
表示してあります

2025年4月15日第1刷発行

発行者——篠木和久
発行所——株式会社　講談社
東京都文京区音羽2-12-21　〒112-8001
電話　出版（03）5395-3510
　　　販売（03）5395-5817
　　　業務（03）5395-3615

KODANSHA

デザイン—菊地信義
本文データ制作—講談社デジタル製作
印刷———中央精版印刷株式会社
製本———中央精版印刷株式会社

Printed in Japan

ISBN978-4-06-539251-5

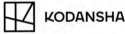

講談社文庫刊行の辞

二十一世紀の到来を目睫に望みながら、われわれはいま、人類史上かつて例を見ない巨大な転換期をむかえようとしている。

世界も、日本も、激動の予兆に対する期待とおののきを内に蔵して、未知の時代に歩み入ろうとしている。このときにあたり、創業の人野間清治の「ナショナル・エデュケイター」への志を現代に甦らせようと意図して、われわれはここに古今の文芸作品はいうまでもなく、ひろく人文・社会・自然の諸科学から東西の名著を網羅する、新しい綜合文庫の発刊を決意した。

激動の転換期はまた断絶の時代である。われわれは戦後二十五年間の出版文化のありかたへの深い反省をこめて、この断絶の時代にあえて人間的な持続を求めようとする。いたずらに浮薄な商業主義のあだ花を追い求めることなく、長期にわたって良書に生命をあたえようとつとめるところにしか、今後の出版文化の真の繁栄はあり得ないと信じるからである。

同時にわれわれはこの綜合文庫の刊行を通じて、人文・社会・自然の諸科学が、結局人間の学にほかならないことを立証しようと願っている。かつて知識とは、「汝自身を知る」ことにつきていた。現代社会の瑣末な情報の氾濫のなかから、力強い知識の源泉を掘り起し、技術文明のただなかに、生きた人間の姿を復活させること。それこそわれわれの切なる希求である。

われわれは権威に盲従せず、俗流に媚びることなく、渾然一体となって日本の「草の根」をかたちづくる若く新しい世代の人々に、心をこめてこの新しい綜合文庫をおくり届けたい。それは知識の泉であるとともに感受性のふるさとであり、もっとも有機的に組織され、社会に開かれた万人のための大学をめざしている。大方の支援と協力を衷心より切望してやまない。

一九七一年七月

野間省一

講談社文庫 最新刊

朝井まかて
実さえ花さえ
江戸で種苗屋を営む若夫婦が、仕事にも恋にも奮闘する。大家となった著者デビュー作。

加賀 翔
おおあんごう
ムチャクチャな父親に振り回される「ぼく」の物語を描く、「かが屋」加賀翔の初小説!

日本推理作家協会 編
2022 ザ・ベストミステリーズ
プロが選んだ短編推理小説ベスト8。初心者にもおすすめ、ハズレなしの絶品ミステリー!

柾木政宗
まず、再起動。
ITサポート・蜜石莉名の謎解きファイル
パソコン不調は職場の人間関係が原因だった? 会社に潜む謎を解く爽快仕事小説。

講談社タイガ
小田菜摘
帝室宮殿の見習い女官
シスターフッドで勝ち抜く方法
母から逃れて宮中女官になって半年。海棠妃《かいどうひ》奈子《なこ》は親友と出会う。大正宮中ファンタジー。

秋山 駿
簡単な生活者の意見
解説＝佐藤洋二郎　年譜＝著者他
あD5
978-4-06-539137-2

敗戦の夏、学校を抜け出し街を歩き回った少年は、やがて妻と住む団地から社会を注視する。虚偽に満ちた世相を奥底まで穿ち「生」の根柢とはなにかを問う言葉。

水上 勉
わが別辞　導かれた日々
解説＝川村 湊
みB3
978-4-06-538852-5

小林秀雄、大岡昇平、松本清張、中上健次、吉行淳之介――冥界に旅立った師友への感謝と惜別の情。昭和の文士たちの実像が鮮やかに目に浮かぶ珠玉の追悼文集。

舞城王太郎 畏《おそ》れ入谷《いりや》の彼女の柘榴《ざくろ》
舞城王太郎 短篇七芒星
真山 仁 虚像の砦
真山 仁 新装版 ハゲタカ(上)(下)
真山 仁 新装版 ハゲタカII(上)(下)
真山 仁 レッドゾーン(上)(下)
真山 仁 グリード(上)(下) 〈ハゲタカIV〉
真山 仁 ハーディ(上)(下) 〈ハゲタカ2・5〉
真山 仁 スパイラル 〈ハゲタカ4・5〉
真山 仁 シンドローム(上)(下) 〈ハゲタカ5〉
真山 仁 そして、星の輝く夜がくる
真梨幸子 孤《こ》虫《ちゅう》症《しょう》
真梨幸子 深く深く、砂に埋めて
真梨幸子 女ともだち
真梨幸子 えんじ色心中
真梨幸子 カンタベリー・テイルズ
真梨幸子 イヤミス短篇集
真梨幸子 人生相談。
真梨幸子 私が失敗した理由は

真梨幸子 三匹の子豚
真梨幸子 まりも日記
真梨幸子 さっちゃんは、なぜ死んだのか?
松本裕士 兄弟 〈追憶のhide〉
円居 挽 原作 福本伸行 カイジ ファイナルゲーム 小説版
松岡圭祐 探偵の探偵
松岡圭祐 探偵の探偵II
松岡圭祐 探偵の探偵III
松岡圭祐 探偵の探偵IV
松岡圭祐 水鏡推理
松岡圭祐 水鏡推理II 〈インパクトファクター〉
松岡圭祐 水鏡推理III 〈パレイドリア・フェイス〉
松岡圭祐 水鏡推理IV 〈アノマリー〉
松岡圭祐 水鏡推理V 〈ニュークリアフュージョン〉
松岡圭祐 水鏡推理VI 〈クロノスタシス〉
松岡圭祐 探偵の鑑定I
松岡圭祐 探偵の鑑定II
松岡圭祐 万能鑑定士Qの最終巻 〈ムンクの〈叫び〉〉
松岡圭祐 黄砂の籠城(上)(下)

松岡圭祐 シャーロック・ホームズ対伊藤博文
松岡圭祐 八月十五日に吹く風
松岡圭祐 生きている理由
松岡圭祐 黄砂の進撃
松岡圭祐 瑕《か》疵《し》借り
松原 始 カラスの教科書
益田ミリ 五年前の忘れ物
益田ミリ お茶の時間
マキタスポーツ 一億総ツッコミ時代 〈決定版〉
丸山ゴンザレス ダークツーリスト 〈世界の混沌《カオス》を歩く〉
松田賢弥 したたか 総理大臣・菅義偉の野望と人生
真下みこと #柚莉愛《ゆりあ》とかくれんぼ
真下みこと あさひは失敗しない
松野大介 インフォデミック 〈コロナ情報氾濫〉
松居大悟 またね家族
前川 裕 逸脱刑事
前川 裕 公務執行の罠 〈逸脱刑事〉
前川 裕 感情麻痺学院
柾木政宗 NO推理、NO探偵? 〈謎、解いてます!〉

宮部みゆき　ステップファザー・ステップ〈新装版〉
宮子あずさ　看護婦が見つめた人間が死ぬということ
宮本昌孝　家康、死す(上)(下)
三津田信三　忌《い》館《かん》〈ホラー作家の棲む家〉
三津田信三　作者不詳〈ミステリ作家の読む本〉(上)(下)
三津田信三　蛇《じゃ》棺《かん》葬《そう》
三津田信三　百《ひゃく》蛇《じゃ》堂《どう》〈怪談作家の語る話〉
三津田信三　厭魅《まじもの》の如き憑くもの
三津田信三　凶鳥《まがとり》の如き忌むもの
三津田信三　首無《くびなし》の如き祟るもの
三津田信三　山魔《やまんま》の如き嗤《わら》うもの
三津田信三　水魑《みづち》の如き沈むもの
三津田信三　密室《ひめむろ》の如き籠《こも》るもの
三津田信三　生霊《いきだま》の如き重《だぶ》るもの
三津田信三　幽女《ゆうじょ》の如き怨むもの
三津田信三　碆霊《はえだま》の如き祀るもの
三津田信三　魔偶《まぐう》の如き齎《もたら》すもの
三津田信三　忌名《いな》の如き贄《にえ》るもの
三津田信三　シェルター 終末の殺人
三津田信三　ついてくるもの
三津田信三　誰かの家
三津田信三　忌《い》物《ぶつ》堂《どう》鬼《き》談《だん》
道尾秀介　カラスの親指〈by rule of CROW's thumb〉
道尾秀介　カエルの小指〈a murder of crows〉
道尾秀介　水の柩
深《み》木《き》章《あき》子《こ》　鬼畜の家
湊かなえ　リバース
宮内悠介　彼女がエスパーだったころ
宮内悠介　偶然の聖地
宮乃《みやの》崎桜子《さきさくらこ》　綺《き》羅《ら》の皇《ひめ》女《みこ》(1)
宮乃崎桜子　綺羅の皇女(2)
三國青葉　損料屋見鬼《けんき》控え 1
三國青葉　損料屋見鬼控え 2
三國青葉　損料屋見鬼控え 3
三國青葉　福猫屋〈お佐和のねこだすけ〉
三國青葉　福猫屋〈お佐和のねこかし〉
三國青葉　福猫屋〈お佐和のねこわずらい〉
三國青葉　母上は別《べつ》式《しき》女《め》
三國青葉　母上は別式女 2
宮西真冬　誰かが見ている
宮西真冬　首の鎖
宮西真冬　友達未遂
宮西真冬　毎日世界が生きづらい
南杏子　希望のステージ
嶺里俊介　だいたい本当の奇妙な話
嶺里俊介　ちょっと奇妙な怖い話
溝口敦　喰うか喰われるか〈私の山口組体験〉
三谷幸喜／松野大介　三谷幸喜 創作を語る
三嶋龍朗／協力 小泉徳宏　小説 父と僕の終わらない歌
村上龍　愛と幻想のファシズム(上)(下)
村上龍　村上龍料理小説集
村上龍　新装版 限りなく透明に近いブルー
村上龍　新装版 コインロッカー・ベイビーズ
村上龍　歌うクジラ(上)(下)
向田邦子　新装版 眠る盃
向田邦子　新装版 夜中の薔薇
村上春樹　風の歌を聴け

森　博嗣　捩れ屋敷の利鈍〈The Riddle in Torsional Nest〉
森　博嗣　朽ちる散る落ちる〈Rot off and Drop away〉
森　博嗣　赤　緑　黒　白〈Red Green Black and White〉
森　博嗣　四季　春～冬
森　博嗣　φ《ファイ》は壊れたね〈PATH CONNECTED φ BROKE〉
森　博嗣　θ《シータ》は遊んでくれたよ〈ANOTHER PLAYMATE θ〉
森　博嗣　τ《タウ》になるまで待って〈PLEASE STAY UNTIL τ〉
森　博嗣　ε《イプシロン》に誓って〈SWEARING ON SOLEMN ε〉
森　博嗣　λ《ラムダ》に歯がない〈λ HAS NO TEETH〉
森　博嗣　η《イータ》なのに夢のよう〈DREAMILY IN SPITE OF η〉
森　博嗣　目薬　α《アルファ》で殺菌します〈DISINFECTANT α FOR THE EYES〉
森　博嗣　ジグβ《ベータ》は神ですか〈JIG β KNOWS HEAVEN〉
森　博嗣　キウイγ《ガンマ》は時計仕掛け〈KIWI γ IN CLOCKWORK〉
森　博嗣　χ《カイ》の悲劇〈THE TRAGEDY OF χ〉
森　博嗣　ψ《プサイ》の悲劇〈THE TRAGEDY OF ψ〉
森　博嗣　イナイ×イナイ〈PEEKABOO〉
森　博嗣　キラレ×キラレ〈CUTTHROAT〉
森　博嗣　タカイ×タカイ〈CRUCIFIXION〉
森　博嗣　ムカシ×ムカシ〈REMINISCENCE〉

森　博嗣　サイタ×サイタ〈EXPLOSIVE〉
森　博嗣　ダマシ×ダマシ〈SWINDLER〉
森　博嗣　女王の百年密室〈GOD SAVE THE QUEEN〉
森　博嗣　迷宮百年の睡魔〈LABYRINTH IN ARM OF MORPHEUS〉
森　博嗣　赤目姫の潮解〈LADY SCARLET EYES AND HER DELIQUESCENCE〉
森　博嗣　馬鹿と嘘の弓〈Fool Lie Bow〉
森　博嗣　歌の終わりは海〈Song End Sea〉
森　博嗣　まどろみ消去〈MISSING UNDER THE MISTLETOE〉
森　博嗣　地球儀のスライス〈A SLICE OF TERRESTRIAL GLOBE〉
森　博嗣　レタス・フライ〈Lettuce Fry〉
森　博嗣　僕は秋子に借りがある I'm in Debt to Akiko〈森博嗣自選短編集〉
森　博嗣　どちらかが魔女 Which is the Witch?〈森博嗣シリーズ短編集〉
森　博嗣　喜嶋先生の静かな世界〈The Silent World of Dr.Kishima〉
森　博嗣　そして二人だけになった〈Until Death Do Us Part〉
森　博嗣　つぶやきのクリーム〈The cream of the notes〉
森　博嗣　ツンドラモンスーン〈The cream of the notes 4〉
森　博嗣　つぼみ茸《きのこ》ムース〈The cream of the notes 5〉
森　博嗣　つぶさにミルフィーユ〈The cream of the notes 6〉
森　博嗣　月夜のサラサーテ〈The cream of the notes 7〉

森　博嗣　つんつんブラザーズ〈The cream of the notes 8〉
森　博嗣　ツベルクリンムーチョ〈The cream of the notes 9〉
森　博嗣　追懐のコヨーテ〈The cream of the notes 10〉
森　博嗣　積み木シンドローム〈The cream of the notes 11〉
森　博嗣　妻のオンパレード〈The cream of the notes 12〉
森　博嗣　つむじ風のスープ〈The cream of the notes 13〉
森　博嗣　カクレカラクリ〈An Automaton in Long Sleep〉
森　博嗣　DOG&DOLL
森　博嗣　森には森の風が吹く〈My wind blows in my forest〉
森　博嗣　アンチ整理術〈Anti-Organizing Life〉
萩尾望都　森　博嗣　原作　トーマの心臓〈Lost heart for Thoma〉
諸田玲子　森家の討ち入り
森　達也　すべての戦争は自衛から始まる
本谷有希子　腑抜けども、悲しみの愛を見せろ
本谷有希子　江利子と絶対〈本谷有希子文学大全集〉
本谷有希子　あの子の考えることは変
本谷有希子　嵐のピクニック
本谷有希子　自分を好きになる方法
本谷有希子　異類婚姻譚

講談社文庫　目録

2025年3月14日現在